# 自重をやめた転生者は、異世界を楽しむ

登場人物紹介
リコ
強力な魔物である
バトルホース。
冒険者に捨てられた過去が
あるため警戒心が強い。
アリサ
（桐《きり》渕《ぶち》有《あ》里《り》沙《さ》）
天使のうっかりミスで
異世界に転生した元OL。
お詫びチートと神獣を授かり、
異世界を旅することになった。
ノン
神獣であるにゃんこスライム。
その中でも珍しい黒色の個体で、
人々に崇拝されている。

ピオ
エバ
リュミエール
アリサが転生した異世界の神様。
常に優しい笑顔で
微笑んでいるイケメン。
強力な魔物であるフレスベルグ。
経験豊かで、しっかりしている
仲良し夫婦。
パストル
狼の獣人。
獣人族の集団のリーダー。
チュイ
キツネの獣人。
【解体】のスキルに興味津々。

# プロローグ　天使にやらかされた結果

朝の九時。私、桐渕有里沙《きりぶちありさ》は通学路になっている、一方通行の細い路地を歩いていた。

そしてそれは、自宅マンションを出てすぐのところで起こった。

キキーッというブレーキの音、ドン！　という衝撃と全身の痛み。

あちこちから、「事故だ！」「きゃー！」「救急車と警察！」という人々の焦った声が聞こえてきた。朝の時間だから、目撃者がいたんだろう。

そんな私はといえば、車に轢《ひ》かれそうになっていた猫を腕に抱き、暢気《のんき》にも「あ、これは死んだかも」と思った。

「ね、こさん、だいじょ……ぶ？　そ……か」

そう尋ねながら腕をゆるめると猫は一目散に逃げていく。途中で様子を窺うようにこっちを見たような気がするが、無事ならよかった。

つうか、通学路になっている一通《いっつう》のめちゃくちゃ狭い二十キロ道路を、それ以上のスピードを出して運転するってバカなの？　小学生がいたら大問題だぞ？

そんなことを考えていたら、体に車が乗っかったような感触がした。

そして、「てめえ、降りろ！　逃げんじゃねえ！」という怒鳴り声。

あのバカ、轢《ひ》き逃げしようとしたのか……目撃者に感謝だ。

あっという間に視界が真っ暗になり、耳が遠くなった。その中で唯一聞こえた声……

そこまでは覚えている。

そして今、目を覚ました私がいるのは真っ白い空間。よくある物語のテンプレってやつ。

私の目の前には、土下座をしている人が二人いる。いや、一柱と一人か？

一人は神様だと名乗った男で、もう一人は背中に翼が生えている子ども——天使。

私は怒り心頭で腕を組み、そして二人を冷めた目で見下ろしていた。

「へえ？　ま・ち・が・い・で、殺したってわけ？」

「も、申し訳ありません！」

額がめり込む勢いで白い地面につけ、汗をダラダラと流している一柱と一人。

彼らによると、私は間違って殺され、そのお詫びとしてこの白い空間に呼び出されたらしい。別に死んだことに対してどうこう言うつもりはない。人はいつか死ぬ運命だから。

でも間違って殺されたとあっては、普通怒るでしょ！

「どうして名前をきちんと確認しなかったわけ？」

「……」

「しかも年齢も書いてあったんでしょ？　それすらも見なかったわけ？」

「……っ」

「見なかったんかーい！　そんなんでよく天使だなんて言えるわよね！」

視線を逸らした天使に、思わず突っ込む。

やらかしたのは、天使。ただし、まだ見習い。

天使の仕事は死んだ人間を迎えにゆくこと。そして迎えに行ったときは、顔と年齢、名前を確認する義務があるそうだ。

それにもかかわらず、このバカ天使はなにも確認せずに私を連れてきてしまった。本来ならば違う人を連れてこなければいけなかったのに……つまり私は、死ぬ運命に無かったのだ。

それを知った上司である神様が激怒。

私の魂をこの白い空間に呼び、バカ天使と一緒に土下座しているというわけ。

しかも地球の神様ではなく、別世界の神様と天使だというんだから、性質《タチ》が悪い。

「で、こんなところに呼んでどうするわけ？」

「今ならまだ間に合うから、生き返らせることもできるよ」

「そうなの？　けど、私はあの世界に未練はないから、このまま死にたいわね」

「「え……？」」

私の言葉によほど驚いたのか、一柱と一人――ああ、もう面倒！　二人揃って顔をあげ、私を凝《ぎょう》視《し》した。

「貴女の過去を視《み》てもいいかい？」

「どうぞ」

神様が立ち上がり、私の頭に手を乗せる。するとすぐにつらそうな痛ましそうな顔をして、優しく頭を撫でてくれた。

私の過去はある意味壮絶だ。

親には育児放棄という名の虐待をされ、学校でもいじめられていた。それは他の兄弟たち――姉や兄、弟も同じだった。

私たちは、父の曽祖父がスペイン人だったことと母の祖母がノルウェー人だった影響で、髪や瞳の色が多くの同級生たちとは異なっていた。

そんな状態だったもんだから、私は中学を卒業するころにはもう人間不信どころか人間嫌いになっていて、業務的な話はしても友達を作ろうとすらしなかった。友達になりたいと思ってくれていた子もいたようだが、私自身がその子たちを信用できなかったのだ。

申し訳ないという感情が出てこない時点で、筋金入りの人間嫌いだとわかってもらえるだろう。

そして、私と弟は父方の祖父母に、兄と姉は母方の祖父母に引き取られることとなる。

引き取られたあとは剣道と薙刀《なぎなた》、簡単な護身術と、英語とスペイン語、フランス語を祖父母に習った。武道系と護身術は「多少なりとも自衛ができるように」と言って、教えてくれたのだ。

まあ、どれもチカンにあったとき以外は、一切使うことはなかったが。

そんな状態でも高校を卒業して大学に入り、在学中に資格を取って、就職難の時代になんとか秘書として就職できた。

秘書として長年働き、今年になって通訳も兼ねた海外出張が増え、給料も上がった。それが嬉しく、結婚する気もないし、家族となるペットを飼おうと、猫と犬の譲渡会に行く途中で事故にあったのだ。

祖父母はとうに亡くなったけれど、代わりに兄弟たちや伯父、叔母たちが心配してくれて、いつも生存報告だけはしていた。いくら人間嫌いでも、優しくしてくれた身内だけは特別だ。

私が事故に遭って死んだって知ったら悲しむだろうな……

だからこそ、神様は痛ましそうな顔をしたんだろう。

神様の手が優しくて、ホッとすると同時に泣けてくる。

「苦労したんだね。確かにこれでは、生き返りたいと思わないのも納得だよ」

「でしょ？　だから、このまま死にたいって言ったの」

私の言葉に、神様もしかめっ面をしながらも「そうだね」と頷く。

「で、この天使はどうするわけ？」

そんな私の事情はともかく、今は目の前のバカ天使のことを優先する。

「もちろん処分するよ、きっちりとね」

「……っ」

「当然だろう？　お前は何回失敗した？　次はないと言った矢先に、仕出かしたんだろうに」

「う……っ」

神様の目がとても冷ややかで、バカ天使は冷や汗をダラダラとかいている。

どれだけ失敗を繰り返したんだ、このバカ天使は。もはや天使の資格はないんじゃないの？

そんなことを思っていたら、天使の体が少年サイズから赤ちゃんサイズになった。

「もう一度最初からやり直してこい！」

神様が手を振ると、バカ天使が消えた。それと同時に神様は私に向き合い、もう一度謝罪したあと自分の世界に転生しないか、と誘ってきた。

「裏があるんじゃないでしょうね」

「ないよ。僕の世界で、楽しい生活を送ってほしいだけだよ」

「なら、記憶を持ったまま転生してみたいわ。いろいろ作ってみたいし」

「ああ、それはいいね！　アクセサリーや料理の種類があまりないから、そういうのを中心に作って文化を広めてほしい」

「まあ、それくらいならいいけど」

「なら、赤子からというのはまずいな」

ぶつぶつとなにか言っている神様。なんだろうと首を傾げていると、ポンッ！　とその場に黒くて丸いなにかが現れた。よく見ると猫耳と尻尾がついていてとても可愛い！

しかも、尻尾だけが黒とシルバーの縞々《しましま》模様。とてもチャーミングだ。

「相棒の従魔《じゅうま》として、この子を連れていってほしい」

「いいけど……その丸っこい子はなに？」

「スライムだよ。にゃんこスライム――にゃんすらという特別な種族のスライムで、僕の世界に十匹しかいないんだ。本来は白なんだけど、この子はさらに特別な子で、僕の世界でも三匹しかいないんだ」

神獣なんだよ～と微笑む神様。

そしてにゃんすらと呼ばれた丸っこい子が触手《しょくしゅ》を出してみょーんと縦に伸び、お辞儀をしたような形になる。目と口がついていて、なかなか愛嬌《あいきょう》がある顔だ。

しかも、機嫌がいいときの猫のように、縞々《しましま》の尻尾がゆらゆらと揺れている。

神様からにゃんすらを手渡され、しげしげと眺める。グレープフルーツくらいの大きさで、とても綺麗な金色の瞳をしている。

目が合うと、にこりと笑って触手《しょくしゅ》を振ってくれた。おお、なかなか可愛いぞ！

「この子の名前は？」

「ないんだ。できれば貴女がつけてくれないかな」

「そう……。うーん、名前、名前かあ……」

にゃんすらを見ていると、とある童話を思い出した。アニメにもなった、白い猫の童話。本来は白だというにゃんすらだから、きっと似合うと思う。その猫の名前の一部を取ろう。

「ノン、はどうかな」

「いい名前だ。この子も気に入ったようだよ。よかったね、ノン」

〈うん！〉

私が名前を告げると魔法陣が現れ、私とにゃんすらを包んだ。

すると、にゃんすらの可愛らしい声が聞こえてきた。

なるほど、今の魔法陣は従魔契約をするもので、契約をすると魔物の声が聞こえるようになるのか。便利かも！

尻尾を揺らし、ピョンピョンと跳ねて嬉しさを表現するにゃんすら――ノン。

貴重なにゃんすらなのに私と契約してしまってよかったんだろうか。

まあ、神様が提案してくれたんだしいいかと自分を無理矢理納得させる。

そして、天使がやらかした分のお詫びを、しっかりきっちりもらおうじゃないの！

まずはどんな世界なのか教えてもらわないといけないんだけれど、そこはさすが神様だ。私の頭に手を乗せると、世界の情報が染み込んできて、一気に理解する。

剣と魔法があり、魔物が跋扈《ばっこ》する世界のようだ。

いわゆるゲームのように様々な種類のスキルがあって、それを元に生産したり料理をしたり、戦ったりするみたい。

逆に言えば、対応するスキルを持っていないと戦えないし、料理なども作れないということだ。

私の戦闘経験といえば、ないに等しい。スポーツとして戦ったことはあるが、実践で戦ったことはない。

そんな私でもこの世界で生きていけるかなあ……と心配すると、ノンが一緒に戦ってくれるというので安心した。

もちろん、ノンばかりに戦わせるなんてことはしない。

「テイムのスキルはいるかい？」

「うーん……従魔はたくさんいらないから、いいわ」

「そうか。まあ、テイムのスキルがなくても、魔物が君を認めれば従魔になってくれるから、大丈夫かな」

「ノンのように？」

「ああ」

なるほど。魔物と心を通わせると、従魔になってくれるのか。

それはともかく、世界の常識はわかったので、次に異世界で生活するうえで必要なスキルについて話し合うことに。

基本的に、スキルは誰でも使えるものと、適性がないと使えないものがあるという。私はどうも攻撃魔法と回復魔法の適性がないようで、授けることができないと言われてしまった。残念。

その代わりといってはなんだが、生産系のスキルにかなり適性があるそうだ。

まず授かったのは、【生活魔法】と呼ばれているスキル。これには火を熾《おこ》す、水を出す、竈《かまど》を作る、光を灯す、ゴミを集める、洗濯または服や体、食材を綺麗にする、乾燥の七つが含まれる。あとは【マップ】のスキル。

本来の【マップ】は、自分が行ったことがない場所はグレーに、行ったことがある場所がカラーになり、詳細な情報が出る仕組みだという。私の場合は、神様が先に全部埋めてくれたからオールカラーだそうだ。

もちろん、町や村、国の名前などもわかるようになっているんだとか。

……本格的に、ゲームっぽいわね。

ただし、オールカラーといえど私自身が世界を旅したわけではないので、いきなりその場所には転移できないそうだ。つまり、逆にいうと一度でも訪れていれば、転移が可能ってわけ。

ちなみに、この【生活魔法】と【マップ】は誰もが必ず持っているスキルだそうだ。

あとこの世界には、トイレとお風呂、水道などのインフラがあるという。これは過去にこの世界に転移したり転生した人が伝えたんだとか。

それなのにアクセサリーがないって、どういうことなんだろう？

まったくないわけじゃないけれどネックレスだけで、イヤリングやピアス、指輪や腕輪、ブローチはないという。

おい……いろいろ突っ込んでいい？　ダメ？　それは残念。

料理に関しても、小説にありがちというか御多分に洩《も》れず、塩味しかないそうだ。ただし、塩といってもレモン塩やハーブ塩、藻塩はあるから、全部が同じ味だということはないみたい。

それでも遅れているとしか言いようがない。他にも調味料があるというのに、見向きもしなければ実験というか模索すらもしないというんだから、驚きだ。

まあ、それはいいとして、私ができることは限られている。

料理を含めた家事の他にＤＩＹと編み物、アクセサリー作りと家庭菜園だ。

ＤＩＹは趣味の範疇《はんちゅう》でしかないが、一緒に住んでいた祖父と伯父が宮大工《みやだいく》だったおかげもあり、屋根の修理や壁の補修くらいならできる。ログハウスや小さな小屋を祖父や伯父と一緒に建てたこともあるので、平屋《ひらや》を作ろうと思えばできると思う。

祖父たちからは一応、基本的なことは一通りは習ったし、実践もさせられたしね。

料理は祖母から教わった。和洋問わずなんでもできる人で、いろいろなものを自作する女性だったから、私もしっかり覚えさせられたものだ。

今でも味噌と梅干、糠漬《ぬかづ》けは自作しているくらいだし。

そういえば冷蔵庫にあった糠漬《ぬかづ》けと梅干と味噌はどうなるんだろう……。弟が持っていって使ってくれることを祈る。

そんなことを考えていたら。

「それくらいなら、この世界に持ち込んでも大丈夫だよ。まったく同じ材料があるから」

「ほんと!? それは嬉しい！」

あちらから持ってくるだけでなく、今すぐ採れる場所を教えましょうかと言われたけれど、断った。できれば自分で探したいからと。

どうしても見つからなかったら教えてほしいとお願いすると、神様は嬉しそうな顔をして頷いていた。

家庭菜園はプランターを使ったもの。自慢じゃないが、植物を枯《か》らしたことは一度もない。

アクセサリー作りも副業として、一時期販売していたことがあるが。

そして剣道と薙刀《なぎなた》、護身術は嗜《たしな》みのひとつです。……ナンチャッテ。

「うん、それだけあれば充分じゃないかな。なら、それら武道系の【剣術】と【槍術】と【体術】。もの作りに使える【緑の手】と【錬金術】と【付与】、【鑑定】と【解体】。あとは【転移魔法】と【時空魔法】、【結界】を授ける。それから【全種族翻訳】と、【状態異常無効】と【物理及び魔法無効】と【身体能力向上】も」

おいおい、なんという大盤振る舞い。ほぼ無敵じゃない！

そして、料理はそのまま、編み物は【裁縫《さいほう》】、ＤＩＹは【建築】として私の中にスキルとして定着している状態だそうなので、わざわざ授けることはしない、とのこと。

「だいたいわかるけど……念のために聞くわ。【緑の手】と【錬金術】と【解体】って？」

「うん。【錬金術】は薬を作ったり、他にもいろいろとイメージすることで作ったりすることができるスキルだよ。【緑の手】は植物の成長を早めたり、病気に強いものに改良するスキルだね。スキルのひとつである【農業】の上位互換なんだ」

なるほど。【緑の手】は【農業】の上位スキルなのか。

「便利ね、【緑の手】は。畑を作るのが楽になりそう。それと、薬作りは薬師の仕事じゃないのね」

「薬師も【錬金術】で薬を作っているからね。薬作りを専門にするか、他のことも一緒くたにやるかで職業がわかれている感じだけど、明確な違いはないよ」

なんとも曖昧な感じね。まあ、ある程度【錬金術】でできるならいいか。いろいろできそうだし。

【結界】は、魔物と盗賊から護ってくれるものらしい。これも珍しい魔法だそうだ。

ノンがいるとはいえ、若い女の一人旅。宿に泊まれなかったときのため、ってことみたい。

「へ～、面白そう。【解体】は？」

「動物だろうと家だろうと、触って〝解体〟と言えば、全部ばらしてくれるスキルかな」

「肉だったら、部位ごとや皮と内臓に分かれるの？」

「ああ、ちゃんと想像すれば大丈夫だよ。便利だろう？」

確かに【解体】はめちゃくちゃ便利じゃない！　血を見ながら解体しなくていいのは助かる。

【転移魔法】は、遠くに行っても一瞬で行き来できるスキル。ただし、自分が行ったことがある場所限定。

【時空魔法】は、【付与】と連動して、馬車や鞄、家の中などを広げるのに使うといいと、神様が教えてくれた。

おお、それはいいね！　外見はこぢんまりとしているけれど、実は中が広い○○ってことができるもの。そう思ったら、すでにそういった馬車もこの世界にあると、授けてもらった知識が教えてくれる。

そして神様はこの世界の服も用意して、斜め掛けのバッグにしまってくれた。

これから旅をするので、チュニックにズボンとショートブーツ、外套《がいとう》だって。

斜め掛けのバッグはインベントリのマジックバッグになっていて、無限に収納することができ、中の時間が経過しない仕組みだそうだ。これも【時空魔法】を応用したもの。

インベントリのバッグは、とても珍しいものなので、できるだけ隠しなさいと言われた。私はお喋りじゃないから、もちろん隠しますとも。

ノンも〈内緒にするー〉と言ってくれているし。

可愛いなあ。つるつるぷよぷよを愛《め》でちゃう！

他にも当面のお金と旅に適した格好の予備、武器と防具とテントをくれた。あと、この世界にある調味料とハーブ類、スパイス類も。

ちなみに、この世界のお金は硬貨のみ。銅貨、大銅貨、銀貨、金貨、白金貨の五種類。日本のお金に無理矢理換算するならば、銅貨が十円、大銅貨が百円、銀貨が千円、金貨が一万円、白金貨が百万円。

渡された金額は、金貨九十八枚と銀貨や銅貨、大銅貨合わせて合計百万分。

多すぎでしょ！　小銭は助かるけども。

そしてテントの性能には驚きだ。

「これは空間拡張が施されているテントでね。中がとても広くなっているんだ」

「おお～」

テントは日本でも見た天井がドーム形になっているもので、周囲と高さが二メートル四方くらい。中に入ってみると、六畳から八畳はあろうかという広さで、天井も三メートルくらいの高さがあった。

他にも、寝袋や魔物避けの結界を作る石に、魔道具の二口コンロは魔力を流すだけで使える優れもの。中に家具やベッドを置くこともできる。

しかも、テントの中にはトイレとお風呂もある。トイレを外でしなくていいのは、本当にありがたい。

なんというか、ワンルームがそのままテントになったような感じだ。さすがにキッチンはないが。

授けてくれたスキルに関しても、全てカンストしてるから使い勝手が悪いということもない。これならば充分生活できそうだ。まあ、場所によりけり、かな？

他にも神様は、薬のレシピを同じように全部馴染《なじ》ませてくれた。

そんな私の魂の器となる肉体は、日本にいたときと同じ容姿をしている。

金髪に近い薄い茶髪に青色の目、それが私。とは言っても年齢は一気に半分の、十六歳になってしまった。

成人年齢も旅に出られるのも十六歳からだと言われてしまえば、仕方ないと諦めるしかない。

気持ち的には十八歳でもよかったけれど、「少しでも長生きして、楽しんでほしいからね」と神様が言ってくれたから、感謝する。

まあ、実年齢の三十二歳で飛ばされるよりはマシなのかも。ぶっちゃけた話、旅をするとなると体力的にキツイから。

この世界の寿命は魔力量に関係しているらしく、ベテランの魔法使いや魔導師とも呼ばれる人で、三百年が限度。それはどの種族にもいえることで、それ以上長生きはしないそうだ。

「私はどれくらい生きられそう？」

「そうだなあ……延びて百五十年から二百年といったところかな」

「おおう……。充分長生きだけど、もし私が死んでしまったら、契約した従魔は――ノンはどうなるの？」

「従魔たちは契約した主人と同じ寿命になるから、君が死ぬと同時に死ぬよ」

「そう……」

これは安易に契約できないし、死ぬこともできない。もし死にそうになったら契約を解除すればいいと神様にも言われたので、そうすることにしよう。

そうすれば、残りの寿命次第だけど、ノンは生きていられるそうだから。

〈ノンはずっと一緒だよー。死ぬまで一緒にいるのー〉

「そっか……。ありがとう」

私の肩に乗り、ピトっとくっついてそんなことを言うノン。

それから、下界に下りる前に錬金術を使って薬や道具などを作る練習をしたり、剣や薙刀《なぎなた》、護身術の動きを練習したり、授けてもらった魔法の練習をしたり。

神様が出してくれた影の魔物を使って、ノンと一緒に戦闘訓練もした。

なんというか……命を狩ることに忌避感《きひかん》がないのがショックだ。転生して、肉体がこの世界のものになったからなんだろうか。

そういえば、戦闘が終わったあとで某国民的RPGのようなレベルアップ音がした。なにかと思えば、本当にレベルアップのお知らせ。

……いいのかよ、それ。

「レベルもあるの？」

「そうだよ。ステータスと念じれば自分のレベルやスキルなどいろいろなものを確認できるからね。ちなみにレベルはダンジョンのための措置なんだ。貴女はだいたいのダンジョンに入れるレベルだよ」

「ふ〜ん。ダンジョンってどこにでもあるの？」

「どこにでもってわけではないけど……まあ、ひとつの国に対して、五つから七つ、多いところだと十はあるよ。迷宮都市と呼ばれているところもあるしね」

「かなりあるのね」

「ああ。時々、勝手にダンジョンができることもあるんだ」

「おおい！　勝手にできるってなにさ！」

怖いことを言わないでくれよ〜！

戦々恐々《せんせんきょうきょう》としつつ神様からもらった情報を精査していると、魔素《まそ》やマナと呼ばれるものに行き当たる。地域によって言い方が違うだけみたいだけれど、結局は同じもの。

しいて言うのであれば、魔素《まそ》が自然由来、マナが体内由来といったところか。

この世界では通常魔素《まそ》が循環している。だが場所によっては溜まっているところ——魔素《まそ》溜まりがあるという。主に廃墟《はいきょ》となった建物のある場所に、魔素《まそ》溜まりができやすいそうだ。

その魔素《まそ》溜まりに魔力が大量に集まるとダンジョンコアができる。

そしてコアがダンジョンマスターを作るなりその場所にいた魔物をマスターに選ぶなりすると、地下や地上の建物がダンジョンになる。

魔素《まそ》の濃さにもよるが、ある程度の階層ができると地震を伴って入口がパックリと開くんだとか。

ダンジョンには魔物が住み着くから、ダンジョンができたことを知らずに放置して魔物が溢れ出ると魔物による大暴走《モンスター・スタンピード》を起こし、町や村、国を呑み込んでしまう。

魔物に呑み込まれた場所は穢《けが》れた土地となり、神官や巫女や聖女。あるいはノンのような神獣に浄化してもらう必要がある。穢《けが》れが消えるのを待たないと土地は元に戻らない。

だからこそ、地形やその土地の状態を把握している冒険者と呼ばれる存在がいる。彼らがダンジョンをいち早く発見したり、魔物を狩ったりして、スタンピードを防いでいるという。

騎士や兵士もいるが、基本的に彼らは国を護るために存在しているので、滅多なことではダンジョンに潜らないそうだ。

もちろん、森や草原では騎士や兵士も数減らしをしてくれるが、それだってしょっちゅうしてくれているわけではない。よくも悪くも国優先ってことか。

まあ、王都や町、村の近くにダンジョンができたとなると、また違った対応をするんだろうけれど。

うーん、この世界も人間関係はいろいろありそう。

人間嫌いな私からすれば、買い物をするだけならともかく、王都のような大きな町には住みたくない。できればこぢんまりとした、ほとんど人がやってこないような、辺鄙《へんぴ》な場所や小さな村に住みたい。

ノンがいるなら、たった一人森の中で生活してもいいとさえ思える。どこに住むかは旅をしながら、ノンと話し合って決めよう。

「あ、神様。今さらだけど、名前を聞いてもいいかしら。私は桐渕《きりぶち》有里沙《ありさ》――アリサと名乗ることにするわ」

「これは申し訳ない。リュミエールと言うんだ」

「リュミエール……灯りね。世界を灯《とも》す灯りといったところかしら」

「おや。よく知っているね」

「私がいた世界にある、とある国の言葉――フランス語だもの」

リュミエールはフランス語で灯りを意味する。他にもルミエールやラリュミエールという言葉もあるけれど、私はリュミエールという響きが一番好きだ。

ちなみにこの世界もリュミエールという名前だ。

ということはきっと、リュミエールが主神なんだろう。他の神様もいるのかしら？　……いるみたいね。

まあ、私には関わりがないだろう……たぶん。

紅茶を飲みながらしばらく世界のことなどを含めた雑談をする。そして地上に下りたらどこに行こうかと考えていると、突然リュミエールが首を傾げた。

「どうしたの？」

「魔馬――バトルホースが置き去りにされているんだ」

「確か、額に一本の角が生えている馬よね。とても強い魔物の馬」

与えられた知識を確認しつつリュミエールに問うと、彼が頷く。

「ああ。冒険者が従魔にしようとバトルホースを買ったようだけど、彼はバトルホースの能力を引き出せなかったみたいだね」

「あらまあ。とんでもない冒険者だったのかしら」

どこの世界にも、自分勝手で迷惑な人間がいるのかとげんなりする。

私も自分勝手に生きるつもりだけど、神獣たるノンがいることだし、ノンや他人に迷惑はかけないように生きようと密かに決意する。

「そうみたい。今ならバトルホースしかいないけど、どうする？」

「そうね……従魔になってくれたらラッキーだけど、そうならないだろうし。気になるから、とにかくバトルホースのところに行ってみるわ」

紅茶を飲み干し、席を立つ。

そしてリュミエールを真っ直ぐ見る。柔らかい笑みを浮かべたリュミエールは、人外的なイケメンだ。とあるロックバンドのドラマーに似ている。

まあ、人外的なのは神様だから、当然か。

「また会える？」

「教会や、教会ではなくとも、僕の像があるところで祈りを捧げてくれれば、また会えるよ」

「そう、ならよかった。また会いにくるわね」

「ありがとう」

嬉しそうな顔をして頷くリュミエール。彼も淋しいのかもしれないと思うとなんとも哀れだ。

この世界には、彼に直接会おうと思う住人がいないんだろう。もしくは会えるということすら忘れているか。

なにはともあれ、リュミエールに別れを告げ、地上へ送ってもらう。

そこには、角が生えた真っ黒い馬——バトルホースが膝を折り、蹲《うずくま》っていた。

第一章　増える従魔

冒険者は呪われてしまえ！　と物騒《ぶっそう》なことを考えつつ、バトルホースに話しかける。

「こんにちは」

〈いきなり現れたな……俺を殺すか？〉

いきなり現れた私に対し、とても、いや、かなり盛大に警戒し、歯を剥《む》きだしにして威嚇《いかく》するバトルホースに苦笑する。

まあ、気持ちはわかる。一度でも酷いめにあって裏切られたら、信じられなくなるのは当然。とはいえ、リュミエールが気にかけた存在だし、教えてくれた彼のためにも助けるか。

つうか、さすがは【全種族翻訳】のスキル。従魔じゃないのにバトルホースの言葉がわかった。……凄いわね、これ。

「まっさかあ！　助けに来たって言ったら、信じる？」

〈なに？〉

目の前にいるバトルホースはとても痩せ細っており、怪我もしているみたい。よし、虐待の被害者確定。

バトルホース自身は動く体力もないようで、蹲ったまま動かない。そして相変わらず威嚇している。だが、このままここに放置すると、魔物に襲われてしまう可能性が高い。

行動にうつして、移動するとしよう。

「ノン、バトルホースに【回復】をかけてくれる？」

〈いいよ〉

〈回復……？　おお、神獣にゃんこスライムじゃないか……！〉

ノンが手をかざすとバトルホースの体が光る。バトルホースはすぐに立ち上がった。

そして同時にお腹が鳴る音が。

初めて聞いたよ、動物がお腹を鳴らす音を。

〈……っ〉

自分が鳴らした音が恥ずかしかったのか、私とノンから顔を背けて目を泳がせるバトルホース。

食料があればいいが、持っていないんだよなあ。

「お腹がすいてるのね。バトルホースってなにを食べるんだっけ？」

〈……俺はなんでも食う。草だろうと、肉だろうとな〉

「そっか。料理をするにも今は食材がないし……歩けるなら、一緒に森に入ってなにか探そう」

〈……いいのか？〉

「いいってことよ～。ノン、採取の手伝いをしてね」

〈はーい！〉

バトルホースはなんでも食べるのかと若干呆れつつ、近くにある森へと移動する。私に対してはまだ警戒しているので、仕方なしにバトルホースのことはノンに任せ、食料を探す。

とても豊かな森なのか木の実や果物がたくさんある他に、キノコまで生えているのには驚いた。さすがは異世界ってか？

採取した果物や木の実はノンを通して、バトルホースに食べてもらう。

そんなことをしつつ、【鑑定】を駆使して食べられるものを中心に採取していると、開けた場所に出る。

そこには池があった。【鑑定】すると飲めるとなっていたので、すぐに手で掬《すく》って口に含んだ。甘さも感じられる、とても美味しい水だ。

底を覗くと下から水が湧き出ているのが見える。これなら持っていけるかな？

その前に、水筒《すいとう》になるような皮を調達しないと。

「喉が渇いているなら、飲みなさい。この水は安全だから」

〈そうか、ありがとう〉

「ノン、枯れ枝拾いを手伝って。君はまだ動くのがつらいだろうから、ここにいなさい」

〈はーい〉

〈わかった〉

お腹の減りがある程度なくなったことでイラつきが減ったのか、バトルホースは私の言葉に素直に頷いた。

そしてノンは嬉しそうにぴょんぴょんと跳ねて森の中に入っていく。

そのあとをついていきながら、枯れ枝や見つけた食材を拾う。薬草も見つけたので、これで薬を作ろう。そうすれば、リュミエールからもらったお金に頼らなくてすむし。

まあ、最初は使わせてもらうしかないが。

ある程度枯れ枝を拾うと、ノンを呼ぶ。ノンは触手《しょくしゅ》を出して枝を抱えていた。かなり集まったので池に戻ると、バトルホースが寄ってきた。

といっても、ノンの近くに留まっているが。

「さすがに肉が食べられるような魔物はいなかったの。ごめんね。その代わり、果物やキノコがたくさんあったから追加で採ってきたわ」

〈それで充分だ。ありがとう〉

……うん、いい傾向だ。ノンがいるからだとは思うが、多少なりとも慣れてきたかな？

まずは【生活魔法】で竈《かまど》を作り、薪になる枝を乾燥させてからくべて火を熾《おこ》す。そして拾った枝の一部を錬金術で串にするとキノコを刺し、火で炙《あぶ》る。お手軽簡単な食べ物だ。

鍋やフライパンがないから、コンロはおあずけだ。それに、今は鍋どころかお皿すらないからね～。これでやりくりするしかない。

しまった、これだったら食器や鍋、ナイフもお願いしてもらえばよかった！

今さら考えても後の祭り。仕方ないなあ……って鞄をあさると、中から武器と防具を取り出して身につけ、テントも張る。私が武器を取り出したことでバトルホースが身構えたけれど、こっちにそんな意図はない。

「肉が欲しいから狩りに行ってくる。あと、君の体力が回復するまで一緒にいるから。今は食べられるものを食べて、体力を回復しなさい」

〈……いいのか？　そもそも従魔でもないのに、どうして俺の言葉がわかるんだ？〉

「今さらその質問？　私は【全種族翻訳】というスキルを持っているの。そのおかげね」

〈なるほど……〉

「ほら、このキノコと果物を食べていて。ノン、バトルホースの近くにいてくれる？」

〈アリサが心配なの〉

「大丈夫よ。一匹狩ったら戻ってくるし、遠くまでは行かないから。むしろ、今は戦えないバトルホースを単独で置いていくほうが危険だわ」

痩せ細っているバトルホースは、魔物の格好の餌になってしまう。強い魔物のバトルホースといえど、弱っているところを襲われたらひとたまりもない。

それに、ノンだけが狩りに行ったとして、未だに人間が信用できていないバトルホースと私では、相性が悪い。

それはノンもバトルホース自身もわかっているようで、ノンは渋々ながらも頷いてくれた。

それを見届け、森の中へと入る。

武器は刀だ。神様謹製《きんせい》の刀だからなのか、手入れは必要ないという。便利だね。

薙刀《なぎなた》に似た槍ももらったが、今は木が生い茂る森の中だから、槍での戦闘は適さない。

果物や薬草、キノコを採取しつつ注意深く歩いていると、右手のほうから殺気が感じられた。そちらのほうを見れば、大型の魔物――ビッグボアが私に狙いをつけているのが見える。

体高二メートル、体長三メートルはある、とても大きなイノシシだ。

「ビッグボアなら、お肉と皮、牙をゲットできるわね」

当面の食料に困らないと舌なめずりをし、刀を構える。ビッグボアは私に向かってまっすぐ走ってくる。それをひらりと避け、同時に首を斬りつければ、ビッグボアは勢い余って木にぶつかった。そして痙攣《けいれん》したあと、そのまま動かなくなる。

生きるために必要なことだとはいえ、慣れないな。

「ふう……。さて、ロープはないから、この蔦《つた》を使って、と」

木の幹に絡まっていた丈夫な蔦《つた》を切り取り、木の枝に引っ掛ける。反対側の端をビッグボアの足に結びつけ、【身体能力向上】のスキルを使い、ぐいっと引っ張った。

それからボアの真下に穴を掘ると、首を切り落として血抜きをする。

「この血の匂いに誘われて、他の魔物も寄ってこないかな♪　ブラウンベアあたりなら、いろいろ使えるんだけど」

血抜きをしている間に、あわよくばと別の魔物がくることを期待する。そこに現れたのは、期待通りブラウンベア。しかも二体。

「ラッキー！　ということで、先手必勝！」

「グルルゥウ！」

「グアーッ！」

友好的じゃない魔物の言葉はわからないのか。ある意味ホッとした。できれば言葉を理解する魔物を狩るようなことはしたくなかったし。

これなら遠慮なくいけると、影の魔物と戦ったことを思い出し、素早く近寄って一体の首を斬り落とす。そこにもう一体の手が振り下ろされたがかわし、背後に回って無防備な首を攻撃。

呆気なく戦闘が終わった。カンストしてるスキルって凄い！

「ふぅ〜。さすがリュミエールご謹製《きんせい》の刀ね。切れ味抜群じゃない！」

首を斬り落としたというのに、刃こぼれひとつない業物《わざもの》だ。リュミエールに感謝しつつ、ブラウンベア二体の血抜きをする。

その間にビッグボアの血抜きが終わったので、【解体】を発動する。

「〝解体〟」

手で触ってそう呟くと、肉と毛皮、内臓と牙、魔石に分かれた。肉も、肩の部分やお腹の柔らかい部分など、きちんと部位ごとに分かれてくれるのが凄い。

できれば血抜きなしで解体したいけれど、できるかどうかわからないし。それは今度にしよう。今はバトルホースの傷と体力を戻してあげないと。

解体したものをマジックバッグにしまい、食べられない、もしくは使えない内臓と骨は穴の中に入れておく。肝臓と心臓は薬やポーションの材料になるので、それもマジックバッグにしまった。

ここにベア二体の内臓や骨も入れて埋めるので、しばらくそのままだ。

かなり深い穴だから掘り返されることもないし、アンデッドになる心配もない。アンデッドになるのは死んだ人間と、死霊魔術師《ネクロマンサー》による術だけだと、リュミエールが染み込ませてくれた知識が教えてくれる。

ノンとバトルホースの元へ戻ろうと移動を始めてすぐ、一角兎が三羽出た。それを撃退したりしているうちに、かなり時間がたってしまった。これ以上はノンが心配するし、私も二匹が心配なので、さっさと戻ることに。

視界の端に写るマップを見つつ移動する。

このマップはゲーム画面のように、左上に小さく表示されている。もちろん、意識すれば大きくすることもできる優れものだ。旅をするなら、これ以上役に立つものはない。

池のところに戻ると、すぐにノンとバトルホースが寄ってきた。

「ごめんね、遅くなったわ。ノンたちは大丈夫？」

〈襲われたりしなかったら大丈夫。心配した！　だけど、アリサは大丈夫？〉

「ええ、大丈夫よ。お肉をたくさん狩ったのよ～！」

バナナの葉のような大きい葉っぱがあったので、その上に一角兎三羽分の肉を載せる。他にも狩った魔物を伝えると、喜ぶ二匹。

〈〈おお～!!　大猟!!〉〉

「でしょう？　当面の食料の心配はないし、君の体力が回復するまで、しばらくここで生活しよう」

〈……いいのか？〉

「いいわ。急ぐ旅でもなければ、行く宛てがあるわけでもないし。ね、ノン」

〈うん！　たくさん旅したいのー〉

「そうね。まずは腹ごしらえをしましょうか」

〈ノンが枝を拾ってくるのー！〉

〈なら、俺は薪を拾ってこよう〉

「大丈夫？　無理しなくていいのよ？」

〈それくらいは大丈夫だ〉

私がいない間に二匹で話をしたんだろう。バトルホースの警戒がかなり緩んできている。それがちょっとだけ嬉しい。

それに、バトルホースはあまり動けないというのに、薪を拾ってくるという。

無理だけはしないように二匹に言い含め、私は肉を焼く準備を始めた。

そして十分もすると二匹が戻ってきて、竈《かまど》の近くに枝と薪を置いてくれる。

そのほとんどをノンが持ってきたとはいえ、これだけのものをよく集めたなあ。凄い。ということで、さっそくその枝を使って料理をしよう。

肉は刀で小さく切ってあるから、そのまま串に差して焼けばいい。確か、塩を持たせてくれてたよね、リュミエールは。なのでその塩を使って味付けをする。

「そういえば、君は生で食べるのと焼いたもの、どっちがいい？」

〈生のものも食べるが、今回は焼いたものを食ってみたい〉

〈ノンもー〉

「ふふっ。いいわよ」

たくさんあるから、どれだけ食べても問題ない。足りなくなったら、追加でベア、もしくはビッグボアの肉を出せばいいし。

ノンとバトルホースと仲良く話しながら、肉を食べる。ご飯だなんて贅沢は言わん、せめてパンがあればなあ……と思った食事だった。

今日はここで、まったりと過ごす。ノンは採取に行くと言って、今はこの場にいない。

バトルホースはというと、敵がいないからなのか、あるいは立っているのがつらいのか、膝を折ってのんびりと寝転んでいた。出会ったときの警戒心や敵意を考えると、よくぞここまで警戒心がなくなったよなあと感心するが……ちょっと気を許しすぎじゃない？

まあ、周囲には魔物の気配はないし、私がここにいて危険ということはないので、そのままでいてもらおう。なにかあったら困るから、結界は張っておくが。

ついでにさっき狩ったビッグボアの皮を使い、水筒《すいとう》を作ることにする。そんなにたくさんはいらないのでビッグボアの皮を四等分にし、残りはバッグにしまう。

「〝水筒《すいとう》を錬成〟」

皮を持って言葉を発する。すると皮が光り、徐々にその形を変えていく。光が消えると、皮袋の水筒《すいとう》が五つ出来上がっっていた。

しかも、この世界にもあるような丸みをおびた形の水筒《すいとう》で、どこから出てきたのか知らないが、しっかりとコルク栓までついている。

……物理法則は無視ですか、そうですか。リュミエールのところで作った薬やポーションも、材料が足りないはずなのにきちんとできていたなあ……と、思い出した。よくイメージしていたからかな。

これはきっと考えたらアカンやつだと疑問に蓋をし、【鑑定】する。

【革の水筒《すいとう》S】
錬金術で作った水筒《すいとう》
しっかりとした作りでとても丈夫
なめした皮で作られ、水を入れても問題ない
見た目に反し、水を入れても軽く、中身は見た目の十倍入る
時間が経過しないので、中身が腐ることはない

「やばっ！　これは売れない！」

やっちまったぜ、ベイベー。なんも考えずに作った結果がこれだよ……

旅に持っていくにはとても便利だけれど、これは他人に見せたらダメなやつだ。

錬金術はイメージが大事だとリュミエールも言っていたから、しっかり考えて作らないとダメだと思った。

よっぽどのことがない限り、人間嫌いな私が他人と深く関わるとは思えないしねぇ……

まあ、いっか。私とノンだけならどうにでもなるだろう。

さっそく水辺に近づき、水筒《すいとう》に水を入れていく。確か革の水筒《すいとう》は一リットル入るはず。それが十倍なんだから、十リットルが五つ。

途中に村や町、川がなくても数日どころか三週間は大丈夫なくらいはある。

次はなにを作ろうか。当面ここで暮らすなら、私とノン、バトルホースの分の食器が必要と考える。

それはすぐそこに転がっている枯れ木を使って作ればいいか。

「あれ？　もしかして、土を使えば、ナイフくらいできるんじゃない？」

もしかしたら、もしかするかも？

試してみようと土と枯れ枝を持つ。

「〝ナイフを錬成〟」

すると持っていた材料が光り、果物ナイフくらいの大きさのナイフが出来上がった。きちんと鞘《さや》もある。

おお、できちゃったよ！　便利だなあ、錬金術って。まあ、その分魔力を使うけどね。

神様のところで戦闘訓練をしただけあり、私のレベルは百だ。カンストが九百九十九なのでまだひよっこか、かけだしといったところか。

騎士やベテラン冒険者ともなると、平気で四百から五百はあるとリュミエールが言っていたことを思い出し、ちょっとだけ乾いた笑いが出た。

まあ、それは置いといて。

私自身は攻撃魔法を使うことはできない。ノンがいれば風魔法を使って木を切ってもらうことができるけれど、今はいない。

のちのちのことを考えて、ノコギリなどの大工道具を錬成しよう。ちゃんとしたものは、鉱石を手に入れてから作ればいいし……

よし、あとでマップを確かめ、まずは鉱山がある町を目指そうと決める。

とりあえず今は、間に合わせで作っておく。

「〝ノコギリを錬成〟」

いちいち持つのが面倒になったので、地面に木を置いて掌《てのひら》を地面につけ、言葉を放つ。

すると、そこにノコギリが現れる。今はノコギリだけだが、いずれは他の大工道具も作りたい。

それはまだまだ先の話だから、先に食器類を作ってしまおう。

倒木をノコギリで適当な大きさに切っていく。どんどん作っていくよ！

深皿に皿、カップとフォーク、スプーン。フォークとスプーンは木でもいいけれど、さすがにナイフは金属がいいだろうと、土を使って錬成した。

残りの木材はバッグにしまい、必要になった段階で使おう。

「ねえ、バトルホースくん。水を飲むバケツは必要？」

〈できれば。そのほうが俺も飲みやすい〉

「ＯＫ」

別の倒木を使って、深さのあるバケツを作ることにする。さっきの木だと太さも深さも足りない。

この倒木は太さも充分にあるし、くりぬいたような形のバケツにすればいいかと思い、深さ五十センチくらいの長さに切った。

「〝バケツを錬成〟」

すると、金属でしっかり締《し》めてあるバケツが出来上がる。しかも、持ち手付きだ。

……うん、物理法則は無視なんですね、わかりました。

遠い目をしつつ、バケツに水を汲んでバトルホースのところに持っていく。

だいぶ薄れたとはいえ、未だに警戒心は解けていない。警戒心というよりも猜疑心《さいぎしん》に近いのかも。

どれだけ酷いことをしたんだ、元主人は。そいつの行動に憤《いきどお》りを感じる。

「深さはこれくらいで大丈夫かな？」

〈充分だ〉

「喉が渇いたら飲むのよ」

〈ありがとう〉

まだまだ体力がないから、動くのがつらそうだ。今は体を元に戻すことと、体力をつけることを考えてもらおう。

それまでに、せめて私にだけでも警戒心を解いてくれるといいなあ。

倒木のところに戻ると、これもノコギリで適当な長さに切る。できれば椅子と、テーブルか卓袱《ちゃぶ》台《だい》がほしいところ。

どっちがいいか考え、どこかに落ち着くまではと卓袱台《ちゃぶだい》にした。椅子は座椅子くらいの高さでいいかな？

町に行ったら布と綿を買って、座布団《ざぶとん》とクッションを作りたい。もしかしたら、その辺にある草でできるかもしれないが、その実験はあとでいいとして……

「〝座椅子と卓袱台《ちゃぶだい》を錬成〟」

折り畳める、見事な卓袱台《ちゃぶだい》と座椅子ができました。

座椅子にしっかりクッションがついているのはなぜだ！

もうあれこれ考えるのはやめようと決め、残った木材で予備の食器類と串をたくさん作った。これで焼くにも問題ない。面倒だから、鍋とフライパンも作っちゃえ！

ということで、作ってしまった。土が若干減っているけど、キニシナーイ！

そうこうするうちにノンが帰ってくる。

〈ただいまなのー〉

「おかえり。どんなものが採れた？」

〈果物とキノコ。あと、一角兎が五羽！〉

「おお、凄い！　そろそろお昼になるし、その肉を使ってご飯にしよう」

〈やった！〉

「君もしっかりと食べなさい」

〈ああ。……ありがとう〉

作ったばかりのナイフを使い、さっそく一角兎の肉を小さく切っていく。さすがに切りにくいから、あとで包丁も錬成してしまおう。

作ったばかりの串に肉を刺し、竈《かまど》の近くに立てていく。

くそう……せめてパンが欲しいなあ……。そう思っていたら、ピロリン♪　と音が鳴った。

おおう、何事⁉

《ごめんね、食料のことをすっかり忘れていた。マジックバッグにたくさん入れたから、いっぱい食べてね》

リュミエールの声がして驚く。マジックバッグに何を入れてくれたんだろうとあさってみれば、いろんな種類のパンが大量に入っていた。

しかも調味料の数と量が増えているし、卵と牛乳、バターと小麦粉や乾燥野菜まであるではないか！

そして、糠漬《ぬかづ》けと梅干、味噌も。おまけで醤油と酒、みりんまであるのは驚いたが。

糠漬《ぬかづ》けなどは米がないからしばらく封印するとして……このパンの数なら私とノン、バトルホースが食べても二週間分くらいある。バトルホースも、それまでには回復しているだろうし。

「リュミエール、ありがとう。大事に食べるわね」

今は直接感謝を伝えることはできないけれど、祈りや想いはきっと届くはず。定住先に教会がなかったら、自宅に像を作って毎日リュミエールを拝もう。

まあ、落ち着く先が決まってからね！

パンを出して、竈《かまど》の近くで温める。そして作った鍋に水を張り、その中に乾燥野菜と採取したキノコを入れ、味付ければスープの出来上がり。

シンプルだけど、今の私たちには充分な食事だ。

「できたよ。さあ、食べようか。ノンもバトルホースくんもスープを飲む？」

《欲しい！》

「ふふっ！　いいよ。よそうから、ちょっと待ってね」

熱いから気をつけるんだよと声をかけると、すぐにスープを飲み始める二匹。そうこうするうちに肉も焼けてきたので、どんどん二匹に食べてもらう。

もちろん私もしっかり食べているし、追加でも焼いている。

……どれだけ食べさせてもらえなかったんだろう、このバトルホースは。美味い美味いと言いながら涙を流し、一心不乱に肉やスープを食べ、水を飲んでいる。

マジで呪われろ、バトルホースの元主人！　しばらく冒険ができないくらいの怪我でも負ってしまえ！

そんな物騒《ぶっそう》なことを考えつつ、バトルホースが早く元気になるよう、祈った。

それからなんだかんだと池のほとりに留まり、二週間。

今ではバトルホース自身の警戒心もすっかりなくなり、あれだけ威嚇していたというのに、なついてくれた。

痩せ細っていた体も見事に復活し、艶《つや》がなかった肌や毛もつやつやふさふさだ。これなら、野生に戻っても大丈夫だろう。

そう思っていたんだけれど……

「は？」

〈だから、アリサの従魔になりたい〉

「だけど……」

〈前の主人はここまでしてくれたことはないし、俺はアリサが気に入ったんだ。俺に乗って移動すればいいし、俺もノンやアリサと一緒に、旅をしてみたい〉

「いいの？」

〈いいからそう言っている〉

〈ノンも一緒に旅をしてみたい！〉

二匹は本当に仲良くなったようで、一緒に旅をしたいと言っている。確かにバトルホースがいれば、移動は楽になる。

どうしようかと考えるものの、ノンもバトルホースも、懇願《こんがん》するように私をじっと見ている。こういう目に弱いんだよなあ……特に動物のは。

人間？　それはない。人間嫌いな私が、身内認定した人以外にこういう目をされても頷くことはない。

「そうね……いいわ」

《《やった！》》

「名前だけど、リコ、はどうかしら」

〈気に入った！〉

そう叫んだ途端、私とリコは魔法陣に包まれた。これで従魔契約が成立した。

「よし。さっそく移動、と言いたいところだけど、私には裸馬を乗りこなす技術はないから、錬金術で鞍《くら》を作るわね。ちょっと待って」

〈ああ〉

移動前に鞍《くら》などを含めた馬具を作ることに。この二週間で、ビッグボアをはじめとした魔物を結構狩った。

その中でも、馬具にするには一般的ではないが、比較的防御力が高いブラウンベアとホーンディアの皮を使って鞍《くら》などを作る。あと、レッグプロテクターも。

便利です、錬金術。しっかりとしたイメージと材料さえあれば、かなりいいものができるんだから。

「よし。じゃあ、鞍《くあ》をつけて……っと。どう？　痛いとか苦しいとか、ない？」

〈ふむ……ああ、大丈夫だ、動きやすい〉

「ならよかった」

馬具を着けたまま歩いたり飛び跳ねたりしたリコ。どうやら大丈夫そうだ。

すぐに乗ってくれと言われてリコに跨《また》がると、ノンはリコの頭のところに陣取る。

「リコはどっちから来たか、覚えてる？」

〈西のほうだ。前の主人も西に帰った〉

「なら、西以外へ行こうか」

〈ノンは適度に涼しくて、ご飯が美味しいところがいいなー〉

〈俺も〉

「よし、そうしようか」

食いしん坊な二匹を微笑ましく思いつつ、リコの背に乗って森の中をゆっくりと歩く。そのまま話していると、すぐに私たちが出会った場所に出る。

「まずはここを東に移動しよう。北に分岐があったら、その方向へ行ってみようか」

〈うん！〉

〈わかった〉

しばらく走っていないから、まずはゆっくり歩いていたけど……少しずつスピードを上げて走り始めるリコ。

日本にいたときに乗馬を経験したけれど、あれなんか目じゃないほど速い。

「リコ、途中に村か町があったら教えるから止まってね。ノンと一緒に従魔登録をするから。私も冒険者登録しないとまずいし」

〈おう〉

各村や町には、必ず冒険者ギルドがあるという。そこで登録してしまえば、誰かに文句を言われることもない。

途中に休憩所があったので、リコのためにも一回休みを取る。

「リコ、大丈夫？　ノンも疲れていない？」

〈ああ。まだまだいける〉

〈ノンも平気ー〉

「そっか。水分を取ったら、出発しよう」

一緒に休憩所にいるのは、冒険者だろうか。リコとノンが気になるんだろうけれど、ちらちらとこっちを見ていてうざい。彼らが近づいてくる前にすぐに休憩所を出発する。

そして休憩所から一時間も走ると、十字路が見えてきた。そこを北に向けて曲がる。さらに一時間走ると町が見えてきたけれど……トラブルがあったのか、騎士がたくさんいる。

「うーん……面倒ね」

〈通り過ぎるー？〉

「そうしようか。森か休憩所で一夜を明かそう。従魔登録前だから、文句を言われても困るし」

〈アリサと離れるのは嫌ー！〉

〈俺も！〉

「私もよ。だから、さっさと通り過ぎよう」

さっさと町を通り過ぎさらに三十分走ると、森の中から悲鳴が聞こえた。悲鳴といっても人間のものではなく、魔物の声だ。

すると、バリバリと音がしたあと、少し先にある森の近くに雷が落ち、静かになった。

「おおう……びっくりした！　なにがあったんだろう」

〈行ってみるか？〉

「そうしよう」

魔物と人間が戦っていたんだとすれば、人間を助けないといけないけれど……関わるのは面倒だなあ……なんて思っていると、すぐにその場所に着く。

そこにいたのは倒れているシルバーウルフの群れと、怪我をしている二羽の大きな魔鳥——フレスベルグだった。

「怪我をしているのね」

〈近寄らないで！〉

威嚇してくるフレスベルグたちに、できるだけ落ち着いた声で話しかける。

「そうは言っても、動けないとまたシルバーウルフに襲われるわよ？」

〈〈え……？〉〉

〈あたしたちの言葉がわかる、の？〉

「突っ込むのはそこかよ！　まあね。ノン、二羽に【回復】をかけて。リコは周囲の警戒を」

〈〈わかった〉〉

リコから降りて、シルバーウルフの状態を見る。今は雷に当たったのか痺れて倒れているけれど、動き出すと困るからとすぐに首を斬りつけ、トドメを刺す。

シルバーウルフの毛皮は高く売れるし、肉もウルフ種にしては美味しい部類に入る。今は夏だが、すぐに秋がきて冬がくる。錬金術でコートや敷物《しきもの》を作ってもいいかもと、内心ホクホクしていた。

「〝解体〟」

血抜きを終えて全てを解体すると、毛皮と肉、爪と牙、魔石に分かれた。必要ないものはギルドに売ろう。いっぺんに売らずにあちこちにばら撒けば、場所によっては高値で買ってくれるところもあるだろうし。

〈アリサ、終わったのー〉

「ありがとうノン」

〈俺のほうも特に問題ない〉

「ありがとう、リコ。君たちも傷は大丈夫？」

〈あ、ああ。にゃんすら殿の魔法が効いた〉

〈さすがは神獣のにゃんすら様ね〉

〈えっへん！〉

フレスベルグたちが褒めると、ノンが胸を張る。可愛いぞ、ノン。

ここにいるとまた襲われるだろうからと、街道に出ることに。

騎士がいたのは、もしかしたら、フレスベルグとシルバーウルフの群れがいたからじゃなかろうか。この二種類は、こんなところに出るような魔物じゃないし。

いろいろ聞かれて足止めされるのも面倒なので、騎士たちに会わないように北に向けて出発することにした。そしてフレスベルグだけれど、【縮小】というスキルが使えるようで、スズメサイズになって私の肩にとまっている。

「さあ、離れるわよ。話はあとで聞くから。リコ、休憩できそうな場所まで移動しよう」

〈わかった〉

すぐにスピードを上げて走り始めるリコ。

そこから一時間も走ると休憩所が見えてきた。誰もいないのはラッキーだ。テントを展開し、結界を張ってから竈《かまど》を作る。シルバーウルフの肉を使って料理だ。

「さあ、どうぞ。君たちは生肉のほうがいいわよね？」

〈〈はい〉〉

「じゃあ食べようか」

食べやすいように小さく切った肉を、フレスベルグに食べさせる。ノンは焼いたもの、リコは生がいいというので、それぞれ好きなように食べてもらう。

ある程度食べて落ち着いたころを見計らい、フレスベルグに話しかける。

「どうしてあそこにいたの？」

〈あのシルバーウルフの群れに、追いかけられた〉

「あらまあ……」

別の場所で巣作りをしていたら、シルバーウルフにちょっかいをかけられたという。あのシルバーウルフたちは悪さばかりしていて、人間から討伐《とうばつ》対象になっていたんだって。

魔物たちの中でもかなり悪い評判が立っていたらしい。

フレスベルグたちも最初は相手にしなかったけれど、完成間際の巣を壊されて激怒。怪我を負ってしまったが、なんとか倒しきったところに私たちが来たそうだ。

「なるほどね。なら、これからその土地に帰る？」

〈いや、我らはアリサに恩がある。だから一緒に連れていってくれ〉

〈みんなと一緒の旅も楽しそうだし〉

「いいの？」

〈ああ〉

〈ええ〉

おっと、また従魔が増えることになりそうだ。

「わかった。そうね、名前だけど……オスがピオ、メスがエバでどう？」

〈〈気に入った！〉〉

彼らが気に入ったことで魔法陣が現れ、従魔契約となった。

# 第二章　冒険者登録と活動開始

のんびりと街道を走る。

途中で旅人や行商人、冒険者とすれ違いながら、村か町を目指す。

マップには、あと少しで町があると表示されているけれど……どんな町かな？　まずは念のため冒険者登録とノンたちの従魔登録をしよう。そしていらない素材を売ってから、ちゃんとした鍋や包丁とタオル、下着や着替えを買おう。

そんなことを考えているうちに町に着く。そこまで大きいというわけではないが、それなりに人がいる。

門番に身分証を持っていないと話すと、その場合の対応について教えてくれた。銀貨一枚を担保《たんぽ》に木札をもらい、あとで身分証を持って木札を返しにくれば返金してくれるんだとか。なのでその通りにして木札をもらい、中に入ろうとすると、別の門番に止められた。

「なに？」

「いや、魔物が一緒だから、その……」

「旅の途中で従魔になった彼らの登録のために来たの。なにか問題でも？」

「い、いや、ない。すまん、通ってよし」

「ありがとう。ああ、ついでに。冒険者ギルドはどこにあるの？」

「ここを真っ直ぐ行くと、すぐ十字路に出る。そこの右角にあるからわかるだろう」

「ありがとう」

かなり門から近いところにあるのね、なんて考えつつ、リコを引いて冒険者ギルドへと向かう。

教えられた通り十字路の右角の建物に、冒険者が出入りしているのが見えた。

「ここね。魔物の登録は……」

入口を見上げ、従魔登録の窓口にいた受付嬢に声をかける。

「あの……」

「はい、……ヒッ！」

リコたちを見て怯える受付嬢。

これはダメだ。誰かに代わってもらったほうがいいかもしれん。

「従魔登録をしたいんだけど……貴女以外に誰もいないの？」

「い、いえ、いますけど……」

「なら、代わって」

「え……？」

冷たい声で言い放つ私に、呆《ほう》けた顔をする受付嬢。

「私の従魔を見て怯える人に、登録を任せられないわ」

「……っ、も、申し訳ございません。す、すぐに別の担当を呼んでまいります」

慌ててすっ飛んでいき、近くにいた男性に声をかける受付嬢。

そしてすぐに男性と代わる。

「職員が不快な思いをさせたようで、申し訳ございません」

「そうね。魔物を見て怯えるのなら、この窓口に向いてないんじゃないの？」

「左様でございますね。何度も指導してはいるのですが……」

おいおい、指導しててあの態度かよ。本気で向いてない気がする。

「そう。まあいいわ。この子たちの従魔登録と、私の冒険者登録をしたいんだけど、一緒にできる？」

「できますよ。身分証《タグ》があるのでしたら、拝見させてください」

「十六になったばかりだから、まだ身分証《タグ》はないの」

「おや、そうなんですね。かしこまりました。身分証《タグ》に関してもこちらで登録させていただきますね」

「ありがとう」

この世界では成人したらギルドで身分証を登録することができる。身分証——タグはカードのような形で、様々な情報を確認することができるのだ。

身分証も合わせて登録をしてくれるという。なるほど、そういうシステムになっているのか。

その後、登録用の記入用紙を渡されるが、そこでハタと気づく。

あれ？　この世界の文字って書けるっけ？

なんとなく書けるような気がしたから、私の名前や従魔たちの名前と種族を書き、男性職員に渡す。

みんなの種族を見てギョッとしたあと、何度も用紙と従魔たちをいったりきたりして見る、男性職員。

「何か問題でも？」

「あ、ありません。すぐに登録いたします」

「確か守秘義務があるものね。すぐにお願いしたいわ」

「か、かしこまりました」

言外に誰にも話すんじゃねえぞと脅……もとい、お願いし、すぐに登録してもらう。しばらく待っていると職員が戻って来た。

「すべて登録が終わりました。あとはこの針を使って、こちらに血を一滴垂らしてください」

言われた通りタグに血を一適垂らす。するとタグが光って消えた。

針を返すと、男性職員が液体――傷を治すポーションをかけてくれるた。すぐに傷が塞がったよ。

凄いな、ポーションって。

「ありがとうございます。タグの表に貴女様のお名前と、従魔のお名前が記載されています。裏には現在のレベル、ダンジョンに潜ったのであれば、その履歴がわかるようになっております。詳細のところを触るとすぐに見ることができます。冒険者としての約束事、注意事項、禁止事項などは、こちらの冊子をお読みになってください」

「ありがとう。あと、いらない素材と魔石、ポーションがあるんだけど、買い取りもしてくれる？」

「え、ええ。大丈夫です。どれくらいの量がおありですか？」

「相当あるから、たぶんこのカウンターだと埋もれてしまうわね……」

「それでは、これから倉庫にご案内いたします」

別の職員に声をかける男性職員。その職員も男性で、私たちのところに来ると、奥にある建物へ案内してくれた。倉庫というだけあり、かなり大きい建物だ。

「こちらでございます。おーい、買い取りを頼む！」

「おう！　すまん、この台に出してくれ」

「わかった」

まずは今まで狩った魔物の魔石、それから魔物の毛皮や立派な角。それらを全部テーブルに出していく。

肉は結局売らないことにした。買うよりはいいしね。

そして積み上がる素材の量に、ギョッとする職員たち。

一角兎が二十羽分、ビッグボアが十体分、ブラウンベアが十二体分、ホーンディアが十五体分、シルバーウルフが五体分。他にもオークが十体分もあれば、ギョッとするよねえ。

「す、すげえ……！」

「あんた、Aランクか⁉」

「いいえ、さっき登録したばかりのFランクよ」

「「「嘘つけぇ‼」」」

ほんとだってば。さっきもらったばかりのタグを見せると、唖然《あぜん》とした顔をする職員たち。

「に、肉はあるか？」

「少しはあるけど、従魔たちのご飯にしたいから売ることはないわね」

「そこをなんとか！　せめて一角兎だけでも！」

「一角兎はもうないわね。食べちゃった♪」

嘘だけど。鳥の胸肉に近い味だから、鳥ハムならぬウサギハムにしようと、しっかりとってある。

「マジックバッグを持ってはいるけど、残念ながらインベントリじゃないの。腐る前に売るか食べるのは鉄則でしょうに」

「それは……」

「まさか、狩ってから時間が経った肉を、正規の値段で買ってくれるの？　誰がそんな肉を食べるのか、是非聞きたいわね」

「……。わかった。ここにあるものを買い取る」

がっかりした様子の職員。

この世界では、インベントリになっているマジックバッグを持っていない場合、肉は狩った当日に売るのが当たり前だ。時間が経った肉なんて本来ならば誰も買わないし、せいぜい塩漬け肉か家畜やペットの餌になるくらいしかない。

本来は私のマジックバッグはインベントリだが、わざわざ話す必要もないしね。

カンストした【鑑定】は、値段などの詳細も出る。確か、値段は最初から出るんだったかな。

まあ、ランクの高い品物は、【鑑定】のレベルが低いと値段すらわからないが。

話している職員のおっさんも【鑑定】を持っているのか、ひとつずつ見ては紙に書き込み、唸っている。

私の見立てだと、全部で金貨二十五枚前後。さあ、どう出る？

「……金貨十三枚でどうだ」

「話にならないわね。他に行くわ」

「待て待て待て！　金貨十五、いや十八！」

「……」

ダメだこりゃと思いつつ、無言で出した皮などをしまおうとする。そんな私を見て、職員が焦る。

おいおい、狩った魔物の数で腕の良し悪しがわかるだろうに……アホなの？

十六の小娘で冒険者になりたてだからって、足元を見すぎ！

「悪かった！　お前さんはちゃんと物の値段を知っているんだな。金貨二十五でどうだ」

「……それならいいわ。つうか、最初っからそう言えばいいじゃない。ギルドマスターに抗議してもいいんだけど？」

「悪かったから！　それだけは勘弁してくれ！」

慌てて謝罪するおっさんを冷たく見たあと、案内してくれたお兄さんに目を向ける。

抗議しないとは言ってないからね、私。

「案内のお兄さん、しっかり報告してね」

「え、ええ。かしこまりました」

「おおい！」

一回叱られてしまえ！　と、青ざめたまま頭を抱えているおっさんを冷めた目で見る。そして同じく冷たい目をした別のおっさんから、金額が書かれた木札をもらい、お兄さんにそれを渡した。

倉庫を出て、さっき登録した窓口に戻ると、お兄さんがすぐに袋に入ったお金を持って来た。

その場で間違いがないか数え、すぐにマジックバッグにしまう。

「何度も申し訳ありませんでした」

「私は構わないけど……他の人に対しては気をつけたほうがいいんじゃない？　本人は冗談のつも

りだったのかもしれないけど、通じない人もいるわ」

「そう言っておきます。ありがとうございました。また何かございましたら、お願いいたします」

にっこり笑って返事はしないでおく。

私は旅の途中だし、通りすがりだから、この町には二度と来ることはない。

それを職員に言うつもりはないから、無言で窓口を離れる。

そしてまたリコを引いて町の中へと繰り出す。ノンはリコの頭の上、ピオとエバはカラスサイズで私の両肩だ。

「さて、買い物をしようか」

〈ノンは野菜が食べたいなー〉

〈俺も！　珍しい果物でもいいぞ〉

〈オレも果物が食べたい〉

〈あたしは野菜！〉

「よし。野菜と果物を中心に、たくさん買おう」

〈〈〈〈やった！〉〉〉〉

予想外の希望！

まあ、気持ちはわかる、ノンとリコはずっと肉しか食べてなかったからね。

あとはたまの果物と野草、乾燥野菜とキノコくらいだ。そりゃあ栄養が偏るって。

この世界のスーパーかデパートに匹敵する商会というところで果物や野菜、きちんとした作りのナイフと包丁、鍋やまな板などなど、旅に必要なものを買う。

他にも私の着替えやタオルと布、ベージュのリボンを買った。私の魔力を通してから従魔だとわかるようにみんなに結んだ。

このリボンには伸縮自在という魔法がかかっているそうで、どんなに動いてもピッタリフィットするんだって。きつかったり、緩いということもないそうだ。

それならと、ノンとリコは尻尾に、ピオとエバは首にリボンを結ぶ。

「うん、いいね」

《《《《ありがとう！》》》》

「どういたしまして。買い物も終わったし、町を出よう」

《《《《はーい》》》》

町に泊まってもいいんだけれど……

なにが目的なのか知らないが、ずっと私たちのあとをつけている人間がいて、ノンが警戒している。それはピオも教えてくれて、もし私の従魔を狙ってのことなら、面倒なことこのうえない。

まあ、ピオにバレるくらいだからたいしたことはない人間なんだろうけれど、正直鬱陶《うっとう》しい。

ノンは神獣だからなのか、ノン自身や主人となった私に対する悪意に、とても敏感なのだ。

この世界には、従魔泥棒という犯罪があるからね。しっかり気をつけていないと従魔を盗まれた

挙げ句、その主人も殺されてしまうことがあるとか。

　さっさとこの町を出ることにしよう。時間はまだお昼を過ぎたあたりだし、夕方には別の町か村にたどり着けるかもしれない。

　売られた喧嘩なら買うぞ？　と物騒《ぶっそう》なことを考えつつ、門に向かう。

　と見せかけ、別の通りを歩く。

　できればリコのための馬着が欲しいんだよね。なかった場合は私が錬成するつもりだけど。

　まあ、他にも裁縫《さいほう》道具が欲しいから、店を探すために歩く。するとすぐに露店が現れた。ちょうどいい具合に布やレース、裁縫《さいほう》道具を売っているので、いろいろと物色しつつ、店主と話をする。

　おしゃべりが好きな女性なんだなあ……適度に相槌《あいづち》を打ち、丈夫な布を複数と裁縫《さいほう》道具一式を買った。なかなかいい買い物をした。

　今度こそ門に向かって歩き出す。門を出る手前のところが少し混んでいたので、並んで待つ。

「ピオ、まだついて来ている？」

〈来ている。門の手前で誰かを探すふりをしながら、オレたちの様子を見ている〉

「そう。やっぱりみんなを狙っていたのかしら」

〈だとしても、あたしたちなら撃退できるわ。一角兎どころか、普通のスライムよりも弱そうだもの〉

　エバもやる気まんまんだ。

〈そうだな。それとも、オレが一発お見舞いするか？〉

「いいんじゃない？　ピオに任せるわ」

ノンの耳がイカ耳になり、尻尾の毛がブワッと逆立っていて警戒マックスだ。これは相当ヤバイ。

私が許可を出すと、様子を窺《うかが》っている男たちに、嬉々として軽い雷を落とすピオ。

「「「ぎゃーーー!!」」」

「な、なんだ!?」

「従魔泥棒じゃない？　ずっと私の従魔を狙って、あとをつけていたもの」

「なに!?」

ピクピクと痙攣《けいれん》し、髪をアフロにした従魔泥棒に近寄る人々。格好からして、町を守護している騎士かな？　その手には槍が握られている。もう一人が縄を持って飛び出してくると、未だに痙攣《けいれん》している泥棒たちの顔を確認して捕まえていた。

この世界では、従魔泥棒は重罪だものね。ごうも……じゃなくて尋問頑張れ、騎士たち。

私はさっさとこの町から離れ、旅に出る。

「ありがとう。犯罪者を教えてくれて。彼らは他にも容疑があったんだ」

「どういたしまして。じゃあ、行くわ」

「お気をつけて」

門番に木札を渡すとお金を返してくれた。

さっさと町から離れ、休憩所を目指す。一時間も走ると見えてきて、都合のいいことに誰もいなかった。リコの馬着を錬成する。

メッシュにしたうえに、【付与】で耐熱と耐寒をかけた。

ほんと、魔法って便利だな♪

縫っている時間がないから間に合わせにしたけれど、定住したら自分で機織《はたお》りをして、布から作り上げよう。そのほうが防御力が上がるし、いろいろと【付与】できるから。

少しだけ休憩をしたあと、また街道に戻る。これから楽しい旅になりそうだと口角を上げ、リコを走らせて一時間。走れることが楽しいのか、リコは疲れをみせない。

さすがに私は疲れてきたから、少しスピードを落としてもらった。

「もうちょっとで休憩所よ。どうする？」

〈場合によりけりじゃない？〉

〈誰かいたら通り過ぎようー〉

〈オレもノンに賛成。絡まれるのは面倒だ〉

「そうよね。私も面倒だわ」

マップを見ると、休憩所のあたりに青い点がいくつか見える。青色は友好的な色で黄色が警戒、そこから色が濃くなって赤に変わると敵対、ということになる、とても便利なマップ機能だ。

ちなみにギルドで管理されている冒険者や従魔は緑色で表示される。

休憩所に近づくにつれ、人々の姿が見えてくる。馬車が数台と、護衛と思われる兵士や冒険者がいるから、もしかしたら隊商《キャラバン》なのかもしれない。

それはよくある光景だけれど、私たちの姿がはっきり見え出すとマップに表示されている点の色が一気にオレンジになり、あと少しで休憩所の入口というところで、赤になった。

ちらっと彼らの顔を見れば、明らかに私とノン、リコを凝視《ぎょうし》して、気持ち悪い視線を向けている。女に飢えているか、奴隷商人なんだろう。あるいは従魔泥棒か。

まるで女を襲うオークやゴブリンの集団のようだ。

そんな危ないところで休憩するバカはいないと思う。

というか、私なら絶対にしない。鬱陶《うっとう》しいし。

ということで、スルー決定！

従魔がいるとはいえ、私は女の一人旅だ。女が一人もいない隊商《キャラバン》に近づくなんてことをするわけない。

フン、と鼻を鳴らして走り去る。さすがに喉が渇いてきたので開けた場所で止まってもらった。

「みんな、水を飲んで。他に欲しいものはある？」

《《《リンゴが食べたい！》》》

「はいよー。切るからちょっと待って」

半分にしたものをみんなに一個ずつ渡す。私は特に小腹がすいているわけでもないから、水だけだ。

水を飲んで果物を食べ、ある程度休憩するとまた移動を開始。

次の休憩所まで一時間……それはバトルホースだからこその速さ。馬車だと二時間から二時間半はかかる。

その休憩所からさらに三時間走ると、分岐にもなっている宿場町がある。今日はそこで一泊しよう。寝袋だとあまりゆっくり眠れないのよね。

もし森に倒木があるなら、バッグに入っている倒木と合わせて、ベッドを作ってしまおうか。そうすると布団や枕も欲しくなってくる。

時期的にない可能性が高いけれど、町に綿が売っていたら買おう。なかったら、【緑の手】を使って作ってしまえ。

そんなことを思っていたら、森のほうから赤い点が見えてきた。

しかも徐々にその数が増えていて、前方にも道を塞ぐように赤い点が並んでいる。

それを従魔たちに伝えると、すぐに警戒しはじめた。

「……魔物、あるいは盗賊かしら」

〈たぶん盗賊かも〉

〈どうする？〉

〈あたしが前方の偵察《ていさつ》に行ってくる〉

〈では、オレが森の偵察《ていさつ》に行く〉

「お願いね、エバ、ピオ。気をつけて」

カラスサイズになったエバとピオが偵察《ていさつ》に向かう。リコに少しだけスピードを落としてもらい、ピオとエバが帰ってくるのを待つ。

〈〈盗賊で間違いない〉〉

「あらまあ。面倒ね……」

めんどくさそうな顔をして帰ってきたエバとピオが告げる。

〈だったら、俺が【土魔法】で穴を掘って転ばせる〉

〈あたしは雷ね〉

〈オレも〉

「なら、転んだり雷で痺れている盗賊たちは私がロープで縛るわ」

〈アリサ、ノンも手伝うのー〉

走りながらそれぞれ役割を決め、すぐに実行に移す。

前方の部隊と森にいる部隊は、かなり距離が離れている。これだったらすぐに殲滅《せんめつ》できるかも！

「ピオ、エバ。まずは森の連中を捕まえよう。仲間に連絡されないよう、取り逃がさないでね」

〈〈わかった！　いってきまーす〉〉

「いってらっしゃい」

五分もすると、森の中のあちこちから野太い悲鳴が聞こえてきた。

「リコ、行こう」

〈わかった〉

「ノン、縄を渡しておくわね。さあ、彼らを縛ろう」

〈はーい〉

悲鳴が聞こえた方向を目指して走るリコ。赤い点を見つけたら止まってもらい、痺れている盗賊を捕まえる。

そしてマップを広げると洞窟《どうくつ》があることがわかった。

そこにも赤い点がふたつある。もしかしたら、アジトかもしれない。

まずは森にいる連中を全員縛って、それからね。

冒険者になると、こういうのにも関わらないといけないから、面倒だ。

「リコ、次はこっちよ」

〈おう〉

「ノン、こっちの端っこを持っていて」

〈はーい〉

ノンとリコの助けを借りて、盗賊たちを縛っていく。

縄が足りなくなりそうだったので木に絡まっている蔦《つた》を使い、ちょっとやそっとじゃ切れないような縄をたくさん錬成した。物理法則は無視です、無視。

それにしても人数が多いなあ。これは馬車が二台必要かも。錬金術で作ればなんとかなるかしら。

試しに転がっていた倒木を何本か使い、作ってみる。

「〝馬車を錬成、重量軽減と空間拡張あり〟」

すると、見た目は一トントラック、中身は八トンのロングトラック並みの馬車ができた。

……できてしまった。

「ここまでくると、もはやチートよねぇ……。ノン、そいつらをこの馬車の中に入れちゃって」

〈はーい〉

「悪いけど、リコは町まででいいから馬車を引いてくれる？　重量軽減がかかっているから、そこまでの負担はないと思うの」

〈ああ、大丈夫だ。俺はそんなヤワじゃない〉

〈そうそう。リコはヤワじゃないよー。とても力と脚力が強いバトルホースだもん〉

「そうだね。じゃあ、縛った端からどんどん放りこんじゃおう！」

〈〈おー！〉〉

ノリノリだね、ノンとリコは。なんとも頼もしい。

「ピオ、エバ。どっちか洞窟《どうくつ》を見てきてほしいの。できそう？」

〈あたしがいくわ〉

「お願いね。ピオは起きそうな盗賊に雷を落として、痺れさせてくれる？」

〈おー！〉

〈行ってくるわ！〉

「気をつけて」

エバが、洞窟《どうくつ》があるほうへと飛んでいく。どうも従魔となった恩恵なのか、私のマップと連動しているらしく、エバは迷いなく飛んでいった。

……どうなってんの、このマップ。確かに特別なものとは言われたし、ありがたいけれど、ここまでの性能は求めてない！

今さら言ったところでどうにもならないけどね。

すべての盗賊を放りこみ終わる。まだ殲滅《せんめつ》していない街道の連中か、洞窟《どうくつ》にいる連中か……先にどっちに行こうか悩んでいると、エバが帰ってきて私の肩にとまった。

「お疲れ様。どうだった？」

〈入口に見張りが二人、奥に十人の盗賊がいたわ。さらにその奥に女が五人と子どもが三人、男が五人いた〉

「あらら、人質がいるのか」

なら、まずは人質を救出してから、本体であろう街道に陣取っている盗賊《バカ》どもを殲滅《せんめつ》しよう。

リコとエバに馬車の近くで一緒に待っていてもらう。魔物に襲われたりしないよう、そして危険な目に遭わないよう結界も忘れない。

二匹が強いことを知っているし、彼らが負けると思っていないが、念のためだ。

おとなしく待っているように伝え、ノンとピオを連れて洞窟《どうくつ》へと向かった。

そして洞窟《どうくつ》に近づき、見張りの盗賊に向かってにっこり笑う。

「なんだ、お嬢ちゃん。どっから来やがった！」

「森で採取してたんだけど、どっちが街道かわからなくなっちゃって。街道はどっち？」

「ここの道を真っ直ぐ行くと出られるぞ」

「ありがとう。じゃあ」

「じゃあ、じゃねぇ！　見つかったからには、お前も売り飛ばして、げふっ！」

見逃してくれればいいのに。まあ、私も見逃すつもりはない。

彼らが襲いかかってくる前にピオが雷で痺れさせ、私とノンで簀《す》巻《ま》きにした。

彼らの声が聞こえたのか、奥から人がやってきた。

そいつらもピオの雷からの、私とノンで簀《す》巻《ま》きにするという、ルーティンワークで身動きをとれなくする。

最後の一人が出てこなかったから奥へと進んだ。

「きっ、貴様！　どっから来た!?　ぎゃあ！」

〈はい、終了〉

〈らくちーん〉

「本当にね、っと。助けに来たわ。乱暴されたりしていない？」

「あ、ああ。大丈夫だ」

「そう、よかった。今、助けるわね」

囚われていたのは、獣人と人間だった。この世界の獣人は耳や尻尾が生えているような姿なので、すぐにわかる。

鍵を開けてまずは女性と子どもから助けだす。それにしても、獣人たちがさっきから一言も喋らないのが気になる。それに、全員の目が怯えていた。

これはなにかある。盗賊の仲間が紛れているかもしれないと【鑑定】をすると、案の定獣人たち以外は真っ黒だった。それに呆れつつ、残った男性たちも一人ずつ檻から出していく。

残ったのは、盗賊の仲間の男一人。彼が出てこようとしたところを、目の前できっちり扉を閉めた。

「お、おい！　俺も助けろ！」

「この人たちから話を聞いてからね」

そんな様子を見た盗賊の仲間の女性たちは焦って私に話しかけてくる。

「あ、あの人は盗賊の仲間です！」

「喋るなって脅されて……！」

「喋ったら家族を殺すって言われてっ」

「そう……。雷を落として」

〈はーい〉

「「「えっ!?　ちょっ、ぎゃあ！」」」

ノンとピオには念話で鑑定結果を教えている。だからなのか、仲間たち全員にしっかり雷が落ち、その場で痺れて動かなくなった。

すると、今までずっと怯えて話さなかった獣人たちが私のうしろに回り、何かを訴えてくる。だけど、声が聞こえない。

「回復してあげてくれる？」

〈うん！　キュア〉

お願いすると、頷くノン。どうやら沈黙《サイレンス》の魔法を使われていたらしく、話すことができなかったみたい。

「ありがとうございます！」

「どういたしまして。あなたたちは全員人質になっていたということでいいかしら。嘘をつくと、彼らと同じ目に遭うわよ」

「嘘はついていません！　神獣であるにゃんすら様の、しかもその中でも特別な黒にゃんすら様の前で嘘をつくと、舌を引っこ抜かれると言われていますから！」

「おおう……。凄いにゃんすらだったのねぇ」

〈えっへん！〉

涙を流してノンを崇《あが》める獣人——狼やキツネ、猫の獣人たち。彼らは神獣にゃんすらを神様の使いと信じていて、村で崇《あが》めているという。

すんごい勢いで手を合わせているのだ。それを見たノンが、胸を張っている。

「さあ、一旦近くの町まで送っていくわ。まずはこいつらを縛るから待っていて」

「手伝います！」

男性が手伝ってくれるというので縄を渡し、縛ってもらう。

その間に、盗賊たちが溜め込んだお宝をすべてマジックバッグにしまった。

盗賊たちのお宝の中には盗品が含まれていることが多い。

貴族や商人は盗られたものを取り戻そうと動いているから、彼らのためにも全部持っていかないといけないのだ。面倒だけれど、規則だから仕方がない。

獣人たちと共に未だに痺れている盗賊を引っ張り、洞窟《どうくつ》の外へと行く。

獣人たちはとても力持ちでした！

「どこに行くんだ？」

「馬がいるの。ここで待っていて」

「わかった」

「あ、そうだ。間に合わせで悪いんだけど、これを食べて。食事は戻ってきてから作るから」

「なにからなにまで……ありがとう」

獣人たちにリンゴを渡すと見張りにピオを残し、リコとエバがいるところに戻る。すぐに擦り寄ってきたので、二匹の頭を撫で回した。

「リコ。ちょっと移動しづらいかもしれないけど、洞窟《どうくつ》まで来てくれる？　できるだけ馬車が引っかからないような道を選ぶわね」

〈気にするな、アリサ。これくらいはどうってことはない〉

〈あたしはこいつらをまた痺れさせておくわ〉

「よろしく！」

「ひいぃぃぃぃぃ!!」

エバの言葉を伝えると怯える盗賊たち。それを無視して痺れさせるエバ。えぐいねぇ。

五分も歩くと洞窟《どうくつ》が見えてくる。

「待たせたわね」

獣人たちに声をかける。

「バ、バトルホース！」

「あんた、すげえんだな」

「バトルホースに乗ってるなんて」

「あれ？　にゃんすら様もお馬さんも鳥さんも、リボンが巻かれてるよ、ママ」

「「「従魔になってるの⁉」」」

なんでにゃんすらやバトルホースが従魔だと驚くのよ？

まあ、その話はいいとして……縛っている盗賊たちを馬車の中に放りこみ、獣人たちのための食事を作る。といっても、悠長に作っている時間はないからスープとサラダ、パンという、簡単なものだ。

「しっかり食べてね。その間に馬車を作るから」

「「「馬車を」」」

「「「作る？」」」

近くに大きな倒木があったので、それに手をつける。獣人たち全員……大人六人と子ども三人が乗れる馬車となると、やっぱり空間を広くしないとね。

「〝馬車を錬成、重量軽減と空間拡張あり〟」

今度はしっかりイメージを持って錬成してみた。すると、見た目は一トントラック、中身は二トントラックくらいの広さの馬車ができた。もちろん、盗賊を放り込んでいる馬車と違い、椅子付きだ。

「おお～‼」

感動して拍手しているところ悪いけれど、ご飯を食べたら出発しよう。

もうじき陽が暮れるし、その前にこいつらの仲間を殲滅《せんめつ》して、引き渡さないといけない。

まずは道具を作り、馬車とリコを繋ぐ。前に獣人たち、うしろに盗賊たちの馬車を連結して、リコに引っ張ってもらう。

「重くない？」

〈大丈夫だ〉

「ならよかった」

それからピオとエバに街道に陣取っているやつらの殲滅《せんめつ》を頼むと、快く引き受けてくれた。

さっきから従魔たちの名前を呼ばないのは、不用意に名前を知られて隷属《れいぞく》され、奪われても困るからだ。

獣人たちがそうするとは思わないが、用心するに越したことはない。

まあ、リュミエールによると、私の魔力はそれなりに多いそうだから、大丈夫だろうってことだけど。私以上の魔力持ちじゃないと奪うことはできないからね。

道を下って街道に出るころには痺れて痙攣《けいれん》している盗賊たちが見えた。すぐに縄を使って獣人たちと一緒に簀《す》巻《ま》きにした。子どもたちも楽しそうに縛っていたのには内心笑ってしまったが。

それにしても凄いなあ。なんだかんだと、総勢五十人規模の盗賊団。

生きたまま彼ら全員をとっ捕まえ、獣人たちと一緒にうしろの馬車に転がした。

それから結界を張り、逃げられないようにする。もちろん武器は全部没収しているが、魔法を使われたり隠し武器を使われたりしたら困る。

ピオにも沈黙《サイレンス》の魔法をかけてもらった。その魔法を破ろうとしている盗賊がいるが、無理だと思う。

ピオと彼らには、歴然としたレベル差があるから。そして私の結界魔法も。

「ああ、結界を壊そうとしたり沈黙《サイレンス》を破ろうとしても無駄よ？　この子たちの沈黙《サイレンス》も私の結界魔法も、カンストしているから」

「……っ!!」

私の言葉に、絶望をあらわにする盗賊たち。

有名なのか無名なのか知らないが、お宝の数からして、今まで相当悪どいことをしていたに違いない。

洞窟《どうくつ》の奥にはお宝だけでなく、人間のものと思われる骨がたくさん転がっていたからね……

できるだけ急ぎでリコを走らせ、そこそこ大きな町にたどり着いた。

門番は大所帯に驚いていたが、私と獣人たちの説明により、すぐに責任者を連れてきてくれた。

「こ、これは」

「こいつら、賞金首じゃないか！」

「よく生きたまま捕えたな……」

「私の従魔のおかげね。今は沈黙《サイレンス》をかけているから、話すことはできないけど、五体満足よ」

「助かる！」

すぐに別の騎士たちと檻になっている馬車が到着。檻にも結界と沈黙《サイレンス》の魔法がこめられていて、絶対に逃げられないようになっているんだとか。

盗賊たちを冷たい目で見て、檻の中に入れられていくのを眺める。暴れようとしていた輩《やから》には、ピオとエバが雷をお見舞いして、おとなしくさせていた。

そして全員が檻に入るとピオがかけた沈黙《サイレンス》を解いた。これから牢がある詰め所に連れていき、尋問するという。

「盗賊を乗せていた馬車はどうするんだ？」

「解体するわ」

「勿体《もったい》ない！　俺たちに売ってくれないか？」

「いいけど……そうね……白金貨五枚で」

「な……っ！」

白金貨五枚と聞いて絶句する、狼獣人の騎士。当たり前じゃない、空間拡張した馬車一台、いったいいくらすると思ってんのかしら。

「材料は倒木を使ったからいいとして、馬車にはとても貴重な魔法を複数使っているのよ？　中は外見の八台分の広さがあるのに、それ以下の値段で買えるとでも？」

「……」

さすがに買えないと悟ったらしい。ガックリと項垂《うなだ》れて肩を落としていた。

そんな彼を横目にその場で魔法を全部解除してから馬車を解体したあと、木材をマジックバッグにしまった。またなにかあったときに使えそうだしね。

そのあとで詰め所に案内されたので、盗賊を見つけたあたりからの話をした。骨のことも伝えると、すぐに洞窟《どうくつ》へ人員を派遣すると言ってくれた。

具体的な場所などを伝え終わると、狼獣人の騎士を含めた三人の騎士たちに頭を下げられた。

「盗賊を捕まえてくれてありがとう。報奨金が出るだろうから、しばらくこの町に留まってくれないか？　あと人質になっていた獣人たちの護衛もお願いしたいんだが……」

「急ぐ旅でもないし、構わないわ。あと、盗賊のお宝も持ってきているの」

「おお、助かる！　残りの手続きは俺たち騎士がやるから、ここに出してくれ」

大きなテーブルにお宝を出していく。

武器や防具、宝石や金貨などのお金。あとは風景画や人物画など、盗賊には必要ないだろう！　というものがたくさんあった。

ついでとばかりに盗賊たちから取り上げた武器や防具も出すと、その数の多さに顔を引きつらせていた騎士たち。

「こ、こんなにあるのか……っ」

「金は誰のかわからないから、貴女がすべて持っていっていい」

「いいの？」

「ああ。〝金を寄越《よこ》せ〟と言うような輩《やから》は、うしろ黒いところがある証拠だからな」

「うわあ……。こんなにたくさんはいらないけど……いいわ。ありがたくもらうわね」

「ああ。もしよかったら、教会に寄付するという手もあるぞ」

ウインクをして教えてくれる狼獣人の騎士。

おお、それはいいね！　衣服や食料を寄付してもいいかも。

あと、この中にはきっと獣人たちの分のお金も入っていると思う。それはあとで彼らに返すことにしよう。

「そうだ。獣人たちと一緒に泊まれる宿はあるかしら。もちろん、従魔泥棒をしたり、獣人たちを蔑《さげす》むような人がいるところはダメよ」

「もちろんあるさ。ここに住む者たちの半分近くは獣人たちだからね。領主も狼族の獣人だから、安心していい」

「それなら安心ね」

人数を伝え、しっかりした宿を紹介してもらう。

念のためにと、紹介状まで書いてくれた。

これで嘘だったら承知しないと決め、獣人たちと合流する。

「お待たせ。宿に行きましょう」

騎士にも頼まれているしお金の心配はいらないからと安心させ、教えてもらった宿に行く。

とても大きな建物で、行商人だろうか……背負子《しょいこ》を背負った人が出ていった。その人の耳はウサギの獣耳。

実際に獣人が利用しているなら安心かなと思いつつ、まずは空き状況を確かめようと、中に入る。

「いらっしゃいませ」

「狼獣人の騎士に紹介してもらったの。獣人を含めて十人、従魔が四匹いるんだけど、部屋は開いている?」

「……っ！　しょ、少々お待ちください」

「はい」

紹介者の名前を見て、慌てて奥へ引っ込む従業員。

……あの騎士って、とても偉い人だったのかしら。それならラッキーだ。

「お待たせいたしました。お部屋は空いております。ただ、大部屋になってしまうのですが、よろしいでしょうか」

「いいわ」

獣人たちに聞くと、構わないと頷いてくれたので、私も頷く。

「かしこまりました。従魔たちもご一緒とのことですが、先に種族を確認させてください。種族によってはお部屋に入れませんので」

カウンターから出てきて従業員と一緒に馬車に戻る。

リコとノンを見てギョッとしたあと、リボンが巻かれていることでさらにギョッとして、私を凝《ぎょう》視《し》する従業員。

「な、なるほど。あの方が、わたくしどもの宿を紹介したのも頷けます」

「他国たら来たから知らないんだけど、そんなに凄い人なの？」

「ええ。この町の騎士団長殿です。領主様のご子息でもいらっしゃいます」

「あらま……」

領主の息子かよ。それならあの対応にも納得だ。

まあ、貴族は信用できないから、業務以外では関わるつもりはない。

リコと馬車を移動させたあとは、従業員に案内され、一階の一番奥の部屋へと移動した。

「お部屋はこちらになります。お食事はどうなさいますか？」

「三十分ほどで食堂に行くわ」

「かしこまりました。お席をご用意してお待ちしております」

恐縮しているのか、獣人たちは無言のままだ。そんな彼らを促して、部屋の中へと入ってもらう。

中はとても広くて、どこのスイートルームか！　ってほど、いろいろ揃っていた。

お風呂とトイレがしっかりとついていて、ベッドは仕切ることもできるようになっている。しかも、クローゼットもついているのだ。

もうひとつ部屋があり、そこはダイニングのようになっていた。

「まずは寛《くつろ》いで。日暮れまで時間があるから、ご飯を食べたら買い物に行こう」

「お金を持っていません……」

困った顔をする獣人の男。

「大丈夫。盗賊たちのお金があるから、これを資金にしましょう」

一人金貨十枚ずつ渡しても相当余る。獣人たちは一人十枚だと多いと言うので、それぞれの家族ごとに金貨十八枚と、残りは銀貨や大銅貨、銅貨で渡した。

それでも多いと遠慮する獣人たち。

「いっぺんに使えって言ってるんじゃないわ。これから旅をするのに、それぞれで欲しいものが出てきたらどうするの？　あなたたちもお金を奪われたんでしょう？」

「それは……」

「そうですが……」

「それに、村に辿りついても生活しないといけないでしょ？　家に帰っても、お金はあるの？」

「……」

黙り込む獣人たちに、やっぱりかと内心溜息をつく。

「大事に使えば半年近くはもつ。あなたたちがいくらお金を失ったのか、私は知らない。だからとっておきなさいって」

「……あり、がとう……ございます！」

これもにゃんすら様の思し召しだ！　と言って泣き出す大人たち。

そこは私の思し召しだと言ってほしかった！

まあ、そんな冗談はともかく。

そろそろ食堂に行ってご飯を食べることに。

食堂に行くと、十人全員が座れる大きなテーブルに案内され、すぐに料理が運ばれてくる。

料理はオークを使ったステーキとサラダ、パンとスープ。庶民の食事事情を考えると、豪華な部類に入るものだ。

毒を入れられていると困るからと全員分の料理を【鑑定】したけれど、特に問題はなかった。疑り深いのは重々承知しているが、この町の現状を知らないし、なにかあってからでは遅い。

伊達《だて》に長いこと人間嫌いをしていないぞ、私は。

実は一緒にいる獣人たちに対しても警戒している。

冒険者となった以上、盗賊を無視できないし今回は彼らを助けたけれど、もし登録前に出会っていたなら、盗賊たらもシカトして通り過ぎていた。

面倒だから、次はさっさと通り過ぎることにしよう。襲われたら仕方ないから殲滅《せんめつ》するが。

そんなことを考えながら、食事をした。そして終わると入口まで向かい、カウンターで鍵のことを聞く。

「これから全員で買い物に行くんだけど、鍵はどうしたらいいかしら」

「こちらにお預けください。戻ってきたときにお声をかけていただければ、鍵をお渡しいたします」

「わかったわ。馬はそのままにしていくから、くれぐれもお願いね」

「かしこまりました。いってらっしゃいませ」

部屋の中にはなにもないし、リコも襲われても撃退できるだけの力があるから、留守番していてもらおう。

「じゃあ、旅に必要なものを買いに行きましょう」

ピオとエバはリコのところにいるというので頷き、ノンを肩に乗せて全員で移動する。

乾燥野菜を中心に、旅に必要なものを揃えていく。食器も人数分買い、彼らが住んでいる場所に着いたら全部渡すことにする。

彼らの村はこの町から馬車で一日半のところにあるというので、服や下着だけ買い、マジックバッグに詰めて全員に渡した。雨降りだったら馬車の中を拡張して、その中で眠ればいいしね。

たくさん買ったのに、それでもお金がほとんど減らないって……どんだけ溜め込んでいたんだろう、あの盗賊たちは。

さっさと宿に戻り、汗を流して寝ることにしよう。

宿に戻ると、鍵をもらって部屋へ。窓の外には従魔たちを預けている小屋が見え、そこにリコとピオ、エバもいた。

他にも竜馬《りゅうば》――ドラゴンホースという、ドラゴンに近い顔をした馬もいた。竜馬もバトルホースも、魔素《まそ》を溜め込んだ馬から進化した魔物だ。

ただし、竜馬《りゅうば》は荷物を運ぶのに適した魔馬なので、走るのはそんなに速くない。

リコたちが私を見つけたようで、すぐにブルルと鼻を鳴らす。そんな様子を可愛いと思いつつ室内を見ると、やっと緊張感が抜けたのか、獣人たちは寛《くつろ》いでいた。

「村にすぐに帰りたい？」

「できれば……」

「村から出たということは、なにか用事があったんでしょ？　それは大丈夫？」

「食料と魔物の皮、布が必要で、その……」

「あらまあ。先に言ってくれれば、それも買ったのに。どのみち盗賊たちのお金だったんだから」

「すまん」

遠慮していたようで、今になって必要なものを言ってくる。

それにできるだけ早く村に帰りたいというので、明日出発することに。

「いいのか？　護衛を引き受けてくれて、一緒に村まで来てくれるだけでありがたいのに……」

「構わないわ。騎士たちもいろいろと準備に時間がかかるだろうし、その間宿でじっとしているのも退屈だしね。明日、早々にこの町を出ましょう」

「ありがとう！」

このグループのリーダー的な立場らしい狼獣人――パストルは、勢いよく頭を下げる。

そして他の獣人たちも。別に、そんなことしなくていいのに。

朝市で食料と魔物の皮を買うことにし、さっさと眠りについた。


翌日、仕度をして朝食を食べ、受付に鍵を返し、リコと馬車を持ってきてもらう。

「またいらしてください」

「ありがとう」

機会があるかどうかわからないが、いい宿だったのは確かだ。気が向いたら泊まろう。

獣人たちには馬車に乗ってもらい、朝市へ。

買い物をしにいくというので、私は馬車停まりで彼らを待つことに。

ちょうどそこへ騎士団長と騎士たちが来たので挨拶を交わし、しばらく町を離れることを伝えた。

「そうか……。一度は戻ってくるんだろう？」

「ええ、進捗状況も聞きたいしね。長くても十日くらいかしら」

「わかった。気をつけて」

「ありがとう」

どうやら巡回中らしく、すぐに人混みの中に消えていく。

そうこうするうちに獣人たちが戻ってきた。

「いいのは買えた？」

「食料と布は。ただ、魔物の皮が……」

「そう……。そこは仕方がないわ。いざとなったら移動中に狩りをしようか」

「そうだな」

そこは移動しながら相談しようと話していたら一人の人間が近づいてきた。なんとも怪しいというか、胡散臭《うさんくさ》い雰囲気を醸し出している男だ。小物臭がする。

ノンが警戒丸出しにしているし、ピオがすぐにでも飛び掛かろうとしているから、なにかあるのかもと私も警戒していたら、ニヤニヤと気持ち悪い笑みを浮かべて話しかけてきた。

「そちらの獣人は、お嬢さんの奴隷ですかい？　だったら譲ってくれませんかね」

「……は？　バカじゃないの？　獣人たちに対して随分失礼なことを言うのね。ああ、もしかしてあなた、奴隷商人かしら？　だったらお呼びじゃないわ」

「なっ、てめえ！」

「みなさーん、この男を知っていますかー？　奴隷商人ですよー！　知っていたらどこの人か教えてくださーい！」

「なっ、なっ」

私が大声を張り上げると、住民たちや冒険者がひそひそと話し始め、男を睨む。一緒にいる獣人を庇《かば》う人も多く、この町の人々はまともだと察することができた。

奴隷商人は嫌われる。まともな国からすれば、奴隷は必要ないから。

「ふざけるな！」

「きゃー！」

「危ない！」

「恥をかかせやがって！　死ねえ！」

「あらあら、短気だこと」

図星だったのか、あるいは住人たちのひそひそ話に怒りが湧いたのか、ナイフを取り出して振りかぶる男。

たいして速くもない、振り下ろされた腕を掴み、そのまま転がして腕を折った。

「ぎゃー！　痛え！　痛えよ！」

「なにを言っているんだか。ナイフを取り出した以上、腕を失くすか折られるのは当然でしょ」

「どうした！」

「なにがあった！」

誰かが呼んだようで、すぐに騎士が二人走ってくる。一人は狼獣人の騎士団長だった。住民が説明するとすぐに輪の中に入ってきた。

「これは……」

「腕を折ったのか」

「当たり前じゃない。ナイフを持ち出して振り下ろしたのよ？　自己防衛は大事でしょ」

「「……」」

呆れた顔をして黙った騎士二人。

自己防衛は大事だし、切り落とさなかっただけマシじゃん。

「で、この男は一緒にいる獣人を、奴隷として売ってくれって侮辱《ぶじょく》したんだけど、そのことについてどうお考えで？　昨日ここに住んでいるうちの半数は獣人って聞いたけど、まさか奴隷として働かせているって意味だったの？」

「違う！」

「だったらどうして『奴隷として売ってくれ』だなんて言葉が出てくるのかしらね」

「あ、こいつ、オルベラ商会で働いている奴じゃないか？」

住民の一人がそんな声を上げると、すぐに同じような声が上がってくる。

「へえ？　あの人さな商会は奴隷商人でもあったわけね。どうしようもない町だわ」

「そんなことは……」

「なら、どうして奴隷を欲しがっているわけ？」

「それは……！」

誰かが知らせたんだろう……そこに、とても善良そうな顔をした恰幅《かっぷく》のいいおっさんが駆け込んでくる。昨日買い物をした商会の店主だった。

昨日彼は獣人たちを蔑《さげす》んだ目で見ていなかったし、他にも獣人がいたけれど、特にどうこうという雰囲気はなかった。仲よさげに話していたし。

これはこいつの単独行動か、それとも店主のおっさんに裏の顔があるのか。

「おまえ……また問題を起こしたのか⁉」

「ええ。昨日、貴方のところで買い物をした獣人たちを、奴隷なら売ってくれって侮辱《ぶじょく》したのよ」

「な……！」

住人たちが頷いていることで、店主の顔が青ざめていく。

そしてすぐに顔を真っ赤にして怒りをあらわにした。

「なんということをしてくれたんだ！　うちは生活用品を扱っている商店で、奴隷商ではない！　しつこく奴隷を扱いましょうと言うからおかしいと思えば……！」

「こいつは最近流れてきたやつだったよな。どこから来たと言っていた？」

「確か、エスクラボ国から来たと言っておりました」

「「あー……あの、腐った国か」」

騎士たちも住人たちも、納得の表情だ。

リュミエールの情報によると、エスクラボ国は王族と貴族のせいで国民が飢え、税金を払えなくて子を売る人が後を絶たない。獣人やエルフを奴隷として売るつもりで捕まえる人も多いという。

そのうち国自体が崩壊するだろうと言われている。

そんな国から逃げ出して来たのか、出稼ぎに来たのか、命令されて来たのかはわからないが、この国の住民からしたら由々《ゆゆ》しき問題だ。

騎士二人がとても厳しい顔をして、未だに痛い痛いと喚《わめ》いている男を冷たく見下ろしている。

「誰かの指示で動いているなら、早めに捕まえる必要があるな」

「お嬢さん、ありがとう。えっと」

「アリサよ」

「助かった、アリサ」

「どういたしまして。そろそろ出発したいんだけど、いいかしら」

「ああ。よい旅を」

御者台《ぎょしゃだい》に座ると、ノンがリコの頭の上、ピオとエバは私の肩に乗る。

すると、ノンの姿を見た住人たちが道を開けると同時に、なぜか拝む始末。

さすがは貴重な神獣であるノンだ。胸を張って、愛嬌《あいきょう》を振りまくように触手《しょくしゅ》を振っている。それを見て涙を流す人もいて、周囲はカオスと化していた。

それを見なかったことにして門に向かい、さっさと街道に出ると、ピオとエバは飛び立って先行していく。

「魔物を見つけたら教えてね」

〈〈はーい〉〉

返事をしたピオとエバは、森を中心に魔物を探してくれるようだ。

「彼らに任せておけば、魔物をすぐに発見することができるかも」

「アリサの従魔たちは凄いんだな……」

「偶然、従魔になってくれた子たちばかりだけどね」

ゆっくりと走る馬車の窓から顔を出し、話しかけてくるリーダーのパストル。子どもたちもキラキラとした目で、外を眺めている。

これなら盗賊に囚われたことはトラウマにならないかもと少しだけ安心し、前を向いて馬車を走らせた。

# 第三章　獣人族の村にて

町から出て、走ること一時間。

〈アリサ、フォレストウルフの群れがいるわ〉

〈あと、ビッグボアとブラウンベアも〉

ピオとエバが魔物を発見したと伝えてきた。

「おお、それはラッキーね」

「どうした？」

「フォレストウルフの群れと、ビッグボアとブラウンベアがいるんですって。皮はなにが必要なの？」

「どれも使える素材だから、できれば全部欲しい」

そう言って目を輝かせるパストル。他の獣人たちも目を輝かせている。

ただ、彼らは普段魔物を狩る担当ではなく、野菜を作ったり買い出しに出たりする担当だから、戦えるか不安だと言っていた。

「戦うことくらい、任せて」

「いいのか？」

「Fランクとはいえ、一応冒険者だもの。それくらいは任せてほしいわ」

「すまん、助かる」

Fランクというのを疑われたが、今はそんな話をしている場合じゃない。

開けた場所を見つけるとすぐに馬車を停め、馬車から離れないように念を押すと、御者台《ぎょしゃだい》から飛び降りる。

「リコ、ここにいて獣人たちを護ってね」

〈わかった〉

〈ノンはー？〉

「そうね……採取をお願いしていいかしら」

〈はーい〉

「ピオ、エバ！　フォレストウルフの群れをお願い！」

〈〈はーい〉〉

それぞれ役割を決めると、すぐに飛び出していく従魔たち。リコは馬車を護るように結界を張り、私も刀を片手に、マップを頼りに森の中へと入っていく。

すると、すぐにビッグボアが二体いるのを見つけた。

「ブモーー！」

「はいはい、美味しいお肉と皮の提供をありがとう、ってね」

「ピギー!!」

突進してきた二体の首を切ると、すぐに動かなくなる。

さっさと血抜きをしようとすると、またビッグボアが襲ってきた。それも撃退すると、蔦《つた》を使ってロープを作る。

それを次々に木の枝にかけて血抜きをしていると、がさがさと音がした。

警戒していたら、現れたのはパストルともう一人の男性――キツネ獣人のチュイ。

「びっくりさせないで。攻撃するところだったじゃないの」

「す、すまん！」

「せめて血抜きと解体の手伝いくらいはしようと……」

「なら、お願いしていいかしら」

「おう！」

結界を張り、解体用のナイフを彼らに渡すと、残りの血抜きと解体を任せる。彼らが使うものだから、それくらいはさせるべきだろうと思ってのことだ。

危ないから結界の範囲内から出ないように言い含め、マップを見つつ魔物を探すと、すぐにベアが見つかった。しかも、三体。

そうやって次々に魔物を倒していると、目の前に珍しいレッドベアが現れた。

ブラウンよりも強いから警戒しないといけないけれど……リュミエールご謹製《きんせい》の刀だから心配はしていない。

あとは私が慎重に戦えばいいだけだ。

「グルァーーー！」

「強者として認めてくれて、ありがとう」

立ち上がって威嚇してくるレッドベア。振り下ろされた手はかなり速い。【体術】を使ってその手を避けると、今度は反対側の手も振り下ろされる。それをバックステップで交わし、一気に間合いを詰めて懐に入る。ひじを使って鳩尾《みぞおち》のあたりに打ち込み、すぐに下がる。痛みで蹲《うずくま》ったのをいいことに、そのまま首を攻撃して離れると血が勢いよく噴き出した。

しばらくそのまま警戒していると、痙攣《けいれん》したあとで動かなくなったレッドベア。マジックバッグにしまい、もうひとつの赤い点のところへといく。マップ上でものすごく目立っていたのだ。

そこにいたのはキングブラウンベア。普通のブラウンベアよりも、かなり大きな個体だ。

「ふ～ん……キングねぇ……。ネームドかしら」

ネームドとはものすごく強い魔物のことで、個体を識別するために名前がつけられているのだ。

ギルドで確かめればよかったと思うものの、そんな暇はなかったしと溜息をつき、刀を構える。

キングブラウンベアは悠然とはちみつを食べていたが、私の存在に気づいて立ち上がり、苛立ちをあらわにして「グルァー！」と威嚇してくる。

食事を邪魔されて怒っているみたい。

「はちみつは私も欲しいところよね。ネームドだった場合は私のランク上げにも影響してくるから、しっかり倒させてもらうわ」

「グガー!!」

ブオン！　と音がするほどの速さで手を振り下ろすキング。

これは迂闊《うかつ》に近づけない。まあ、近づくけど。

逃げるふりをしてどんどん下がっていく。するとキングは四足で走ろうとして、その動きを止めた。

すかさずキングの横に走り、首を斬ると血飛沫《ちしぶき》をあげて地面に落ちた。

「……ふう。首を斬るのが一番楽だとはいえ、さすがにね……」

そのうち変なふたつ名がつかないといいなあ……と思いつつ、マジックバッグにしまう。

そして目の前にははちみつが。

「入れ物はないし……〝瓶を錬成、時間停止〟」

土で作れるか心配だったけれど、透明と半透明のまだらだったが無事に作れた。ついでにマジックバッグの中に入っていた木でハニーディッパーとハニースプーンを作ってスプーンではちみつをすくい、瓶に入れていく。

五センチ四方の大口で、高さ十五センチの、はちみつ入りの瓶が十五本できた。まだまだあるが、それは他の魔物や虫、動物のためにとっておく。

「よし」

瓶をしまっていると、ピオが飛んで来て私の肩にとまる。

〈アリサ、全部倒したぞ〉

「さすが早いわね。一緒に行くわ」

〈こっちだ〉

ピオの案内で一緒に移動する。

〈アリサ！　見て！　凄いでしょ？〉

「あらら……数が多いわね。よく頑張ったわ、ピオ、エバ」

ざっと数えると、フォレストウルフが三十体はいる。頑張った二羽を撫で回し、そのままバッグにしまうと、パストルとチュイのところに戻る。ちょうど三体目のボアの解体が終わったところのようだった。

「ありがとう。ブラウンベアとフォレストウルフも持ってきたの。解体を手伝ってくれる？」

「「任せろ！」」

バッグからブラウンベアとフォレストウルフを出し、どんどん血抜きをしてもらう。その数に顔を引きつらせていたけれど、シカトした。

私も手伝い、どんどん血抜きと解体をしていく。

「〝解体〟」

「便利そうだな、そのスキルは」

まさかの発言だった。もしかして、単語ひとつで解体できることを知らないとか？

おいおい、リュミエールからは聞いてないぞ！

これは下手すると、技術面での齟齬《そご》が出るかもしれないと思った瞬間だった。それを綺麗に隠し、話を続ける。

「便利よ。勝手に分かれてくれるから」

「俺たちにもできるかな……」

「ナイフで解体ができるんだもの、もしかしたらできるんじゃない？」

さりげなく二人を【鑑定】で見ると、【解体】のスキルがある。しかもレベル七という、かなり高いレベルになっているのだ。

レベル五もあればある程度は部位ごとに分かれるけれど、きちんと基礎と部位を知らないと、分かれないこともある。それが今レベル七なんだから、もしかしたら大量のフォレストウルフを解体すれば、レベルが上がるかもしれない。

「試しにやってみたら？　フォレストウルフなら手馴れているでしょう？」

「ああ」

「じゃあやってみるか」

「どうすればいいんだ？」

「対象物に触って、〝解体〟って言うだけ。そのときにいつもの手順をイメージするといいわ」

そんなんでいいのか、って疑問を顔に出すパストルたち。

大丈夫だからと頷いて、やってもらう。

「「わかった。〝解体〟！　っ、で、できた!!」」

「凄いじゃない！　おめでとう！」

拍手をし、あとでステータスを見てみるといいわと話し、どんどんフォレストウルフを解体していく。途中でピオとエバがいなくなったと思ったら、追加でブラウンベアを五体狩ってきていた。

「ブラウンベア！」

「これはさすがにな……」

無理だというパストルたちに、発破《はっぱ》を掛ける。

「きっとこれもできるわよ？」

「だ、だが……」

「失敗してもいいの。挑戦することが大事でしょ？」

「「……」」

そう、失敗してもいいのだ。必要なのは皮の部分であって、内臓や肉じゃない。肉はどうせあと

で小さく切るんだから、細切れになっても問題ない。

そう伝えてパストルたちにやってもらうと、きちんと解体できた。

「「できた……」」

「よかったわね！　さあ、残りも解体して、みんなのところに戻りましょう」

「「おお！」」

俄然《がぜん》やる気になったパストルたちは、あっという間に解体を終えた。

皮や肉、牙と爪、魔石は彼らのマジックバッグの中に入っているので、私が持っているのはレッドベアとキングブラウンベアだけだ。

なぜ解体しないのかというと、これはあとで冒険者ギルドで確認してもらうためでもある。

まあ、キングに関しては【鑑定】したところ、ネメシオという名前がついていたからネームド確定だった。

タグに私が倒したと情報が書かれているから、嘘だと疑われることはない。ランクがどこまで上がるか、それだけ心配。

今からそんな心配をしても仕方がないと内心で溜息をつき、結界を消してすぐに馬車があるところまで戻った。

「ただいま。なにかあった？」

大人しく私の帰りを待っていてくれていたリコに話しかける。

〈特にないから、安心してくれ〉

「ありがとう、リコ」

〈ノンも頑張ったのー〉

「たくさん集めたのね。さすがノンだわ！」

〈えっへん！〉

リコと、薬草と果物、キノコをたくさん採取してきたノンを撫で回す。

誰もいないし、もうじきお昼になるからと、簡単にお昼を食べてから出発する。

できれば今日中に彼らの村に着きたいと思い、リコのスピードをあげた。

馬車を走らせること、更に四時間。

途中に休憩を挟んだし、本来ならばそんな時間で来られるような場所ではなかった。重量軽減がかかっている馬車を引いているとはいえ、さすがバトルホースの脚力だ。

「あそこが俺たちの村だ」

「かなり大きいのね」

「だろう？」

私の横にパストルが並び、道案内をしてくれる。街道から外れて三十分も走ると、木の柵がある村が見えてきた。村というにはかなり大きな規模だ。

村に近づくにつれ、リコのスピードを落とす。すると、チュイが飛び出し、村の入口に向かって走って行った。

パストルも馬車から飛び降りる。二人が向かった先には門番が二人いた。

「パストル、チュイ！　無事だったか！」

「なかなか帰って来ないから心配した！」

門番たちはすごい笑顔を浮かべている。

「ああ、すまん。この人に助けられたんだ」

「他国からきたアリサというの。今は旅の途中で、冒険者よ」

「……」

パストルが私たちのことを紹介してくれたが、門番たちは黙ったままだ。

「彼女は盗賊に捕まっていた俺たち全員を助けてくれた恩人なんだ」

盗賊のこと、宿のこと、お金のこと、狩りのことなど、こと細かく話すパストルたち。

そこに女性や子どもたちも加わり、門番たちはタジタジになっている。

「いいから、さっさと村長《むらおさ》に話してこいよ！」

「だが、他種族を入れるなど……」

「そんなこと言ってる場合か！」

「いいから、村長《むらおさ》を呼んできてくれよ！」

私を村に入れることを渋る門番に、早く村長《むらおさ》を呼べとパストルたちが詰め寄る。

そこに顎鬚《あごひげ》がとても長く、目尻に皺《しわ》ができている狼の獣人が現れた。

「儂《わし》が許可する、入ってもらいなさい」

「「「村長《むらおさ》！」」」

「彼女の肩にいる、にゃんすら様が見えぬか？」

「「あっ!!」」

リコの頭から私の肩に移動し、尻尾をゆらしているノン。

村長《むらおさ》はそれをしっかり見ていたんだろう。すぐに門が大きく開けられた。

村長《むらおさ》のあとをついていきながら、周囲を見渡す。

あちこちがボロく、ガタがきている木造の建物と、決していいとはいえない栄養状況と衣服をまとった人々。

敷地内に畑もあるようだが、これもあまりいい状況とはいえなかった。

だから食料と布が必要だったのかと納得した。

リュミエールにもらったスキルが活躍しそうだけれど、そう上手くはいかないだろう。一部の獣人が、こちらを見てひそひそと話し合っている。人間に対して、あまりいい感情を持っていないんだろう。

「ここが儂《わし》の家だ」

案内された家は他の家よりも大きいが、その分ボロボロさが目立つ。

おっと、まずはご挨拶。

「ありがとう。私はアリサ、そしてこの魔物たちは私の従魔なの」

「なんと！　にゃんすら様を従魔にしておられるのか！」

〈アリサが気に入ったのー。だから従魔になったのー〉

「「「おお～」」」

神獣だからなのか、ノンは私以外とも話せるからね。

ノンというか、にゃんすらが特別だというリュミエールの言葉がよくわかる光景だ。

私にはスキルがあるからなにを言っているのかわかるけれど、リコとピオ、エバの声は他の人には聞こえないらしい。聞こえるのは主人限定だそうだ。

そして落ち着いたころ、話をする。

「建物があちこち傷んでいるけど……この村も盗賊に襲われたの？」

「ああ。中で暴れられたうえ、金品を巻き上げられた。畑も荒らされて、衣服なども盗られたんだ」

「そう……。なら、これをお返しするべきでしょうね」

「え？」

バッグから麻袋を出し、村長《むらおさ》の前に置く。この中には、金貨が三百枚以上入っているのだ。

「こ、これは、儂《わし》らが盗賊に差し出した袋ではないか！」

「やっぱりか。奴らのアジトから持ってきたわ。騎士には好きにしていいと言われたから、お返しするわね」

「い、いいのか？　目的はなんだ？」

「家の修理」

「は？」

「だから、家の修理をしたいんだってば」

私の言葉に、村長《むらおさ》が唖然《あぜん》とした顔をする。

本来ならば関わることはないけれど、あんな状態の家を見てしまうと、祖父や伯父に習った大工の血が騒ぐのよ！　あと、【緑の手】が疼《うず》く！　……なんちゃって。

「で、できるのか？」

「できるわ。そのスキルを持っているし」

「「「おお～！」」」

「あと、【緑の手】という、植物……」

「頼む！　畑も見てくれ！」

「ははは……わかったわ」

話の途中で遮られ、懇願《こんがん》されてしまって苦笑する。もちろんやるよ……実験も兼ねてね。

まずは帰ってきたパストルたちから、住人たちに食料が配られる。そして途中で狩った魔物たちの肉と皮と布も。その数の多さに、住人たちは喜んでいた。

なるほど、盗賊がいたからこんな貧しい生活を余儀なくされたのか。

「この村に冒険者ギルドはある？」

「あるぞ。儂《わし》がギルマスをしておる」

「なら、ネメシオというキングブラウンベアを知っている？」

そう言った途端、村長《むらおさ》が息を呑む。

「ネメシオだと!?　あやつはこの村だけではなく、他の村や町を襲うとんでもない奴だ。まさか、遭遇したのか!?」

「遭遇どころか、倒したわ」

「嘘をつくな！」

村長《むらおさ》と話していると、割り込むように声をあげた者がいた。

さっき私を見てひそひそと話していた獣人三人だ。

人のことは言えた義理じゃないが、ずいぶんと失礼な態度だな、おい。

「嘘じゃないわ。ここで出すようなことはしないけどね」

「ふむ……あとでギルドに行ってタグを見ればわかるだろう」

一旦言葉を切った村長《むらおさ》は、割って入った三人を鋭い視線で睨む。

「で、お主たちはいつまでここに滞在しているんだ？　ネメシオを倒すと言っていたのに、動く様子もなかったが」

「そ、それは……」

「同族といえど、金も払わず、無銭飲食《むせんいんしょく》する冒険者などいただけない」

村長《むらおさ》に突っ込まれて目を泳がすも、無銭飲食という犯罪を指摘され、言葉に詰まるリーダーっぽい狼の獣人。ああ、やっぱり冒険者だったんだ。

「あらあら。それはダメよ。食べた以上、お金は払わないと」

「この村から出たいなら、さっさと支払うがいい。そうじゃないと、いつまでも出られんぞ?」

「ぐっ」

無銭飲食《むせんいんしょく》なんて冒険者の風上にもおけないじゃない。村長《むらおさ》がギルマスをしているなら、他の冒険者ギルドにも情報が回っているだろう。それをわかっているのかしら、彼らは。

見た目からして弱そうだものね。

恐らく金目当てでネメシオを倒そうとしたけれど、実力が伴っていなくて、返り討ちにあったんだろう。

「で? どうするんだ?」

「は、払えばいいんだろう!」

「そうかそうか。二人で金貨一枚だ。手持ちがないならギルドの貯金から引いておくが、構わないな? 不足していた場合、支払いが終わるまで、買い取り分もそのまま徴収することになるが」

「くそっ……！　わかったよ！」

金貨一枚を投げつけ、村から出ていく冒険者。

お金を粗末にするんじゃない！　罰当たりめ！

〈ピオ、彼らのあとを追ってくれる？　もしなにかあったら知らせて〉

〈わかった〉

念話でお願いすると、小鳥姿のまま冒険者三人のあとを追っていくピオ。

報復するなら返り討ちにするし、そのまま引っ込んでくれればなにもしないし。

「まずは、ネメシオを確認してくれると助かるわ。あとレッドベアもいるの。それもいる？」

気をとりなおして村長《むらおさ》に話しかける。

「レッドも！　おお、もちろんだとも！」

嬉しそうな顔をしている村長《むらおさ》と一緒にギルドに行くと、そのまま倉庫に案内される。

「ここに出してくれ」

作業台をペシペシと軽く叩く村長《むらおさ》に、暇そうにしていたギルド職員が何事かと寄ってくる。それを横目にネメシオとレッドベアを出すと、どよめきが起こった。

「ね、ネメシオじゃねえか！」

「しかもレッドベアも！」

「やるなあ、お嬢ちゃん！」

「もしかして、AランクかSランクなのか？」

「昨日登録したばかりの、Fランクよ」

「「「嘘つけ‼」」」

「ほんとだってば」

その場にいる全員に突っ込まれ、またか！　と思いつつも、タグを見せる。全員に唖然《あぜん》とした顔をされてしまった。せっかくのレッドベアとネメシオなのに今は道具がないから解体できないとガッカリする職員。なんでだと思いつつ、仕方がないとその場でスキルを使って解体した。

「「「おおお～！」」」

「レベルにもよるけど、あなたたちもスキルで解体できるんじゃない？　あとでステータスを見てみたらどう？」

「お、俺、レベル八の解体スキルがあった」

「「「俺も……」」」

「って、今見てるの⁉」

あとでって言ったのに！

まあ、気持ちはわからなくもないかなあ。

ステータスって冒険者でもないかぎり小まめに確認することが少ないから、気が付いたらいろいろ変わってることもあるのよね。

解体をしているメンバーらしき人全員がレベル八だというんだから、もうちょい頑張ればカンストするだろう。

ちなみに、【解体】は初級スキルに分類されるんだけれど、初級スキルのレベルは十でカンストする。【解体】の上位互換はないので、そのまま成長することはない。

ただし例外はあるので、必ずしも初級スキルがレベル十でカンストするとは限らないが。

それはともかく、いい年をしたおっさんが、涙を流して喜んでいる姿はかなりシュールだ。それだけ嬉しいってことなんだろうけど。

涙を拭いた職員がすぐに査定してくれる。

依頼を受けた形をとってくれた村長《むらおさ》は、ネメシオの報酬として金貨五十枚、レッドベアの報酬として金貨一枚をくれた。それだけ悪さをしていたネームドだったのだろう。

「こんなに……大丈夫なの？」

「ああ。元々このあたりの町や村全体からの依頼だから、資金はあったんだ。盗賊たちはギルドにある金は見つけられなかったからな。だから大丈夫だ」

「そ、そう……。なら遠慮なく」

ギルドの運用資金などは、ギルド内のどこに置いているのか他人には絶対に教えることはない。家捜ししても見つからないってことは、普通じゃないところに隠しているんだろう。

ギルドを出ると、すぐにピオが帰ってきた。

「どうだった？」

〈一角兎にやられてた〉

「ぷっ！　あはは！　一角兎にやられるくらい弱いくせに、キングなんか倒せるわけないじゃない！」

「どうした？」

ピオと笑っていると村長《むらおさ》がやってきた。

「従魔が教えてくれたんだけど、さっきの冒険者、一角兎にすら負けたそうよ」

「ぷっ！　わははは！　それは笑うしかないな！」

ボロボロの姿で私たちが来た方向とは別のほうに行ったと、ピオが話す。

その町で笑いものになる未来しか浮かばない。

闘いに負けた情報もタグに載るからねぇ。嘘はつけないのよね。

冒険者ランクがいくつか知らないけれど、もしFランクで失敗が嵩《かさ》んでいたとすると、場合によっては登録抹消になる。たとえ貴族の子弟といえども、お金でランクを買うことはできないのだ。

冒険者の世界は実力主義なのだから。

まあ、その例外が、あの腐った国であるエスクラボ国の人間なんだけれど。

エスクラボ国ではお金にものを言わせる冒険者が多く、ランクと実力が一致しないこともあるらしい。

井の中の蛙《かわず》、大海《たいかい》を知らず、ってね。そんな具合で他国に行くと、コテンパンにやられて泣きを見ることもしばしばだとか。

そんな事情を村長《むらおさ》から聞いているうちに村長《むらおさ》の家に着いた。


村長《むらおさ》の家に一泊し、今日は村人たちと倒木探しに出かけている。

木材がないと家の補修もできないからね。彼らと一緒に探している。

結構あるのよ、倒木が。

「そろそろ戻ろうか」

「ええ。足りなくなったらまた取りにくればいいもの」

「だな」

村人の熊獣人たちは一人につき二、三本の倒木を抱えて歩いている。さすが熊獣人、力持ち～。

村に着くと倒木をノンや【風魔法】を持っている獣人たちに乾かしてもらい、ノコギリで切っていく。

カンストしている【大工】のスキルがいい仕事するわ～。

測らなくても必要な長さがわかるから、すいすい切っていくことができるのだ。

便利だな、スキルって♪

そうこうするうちにある程度の木材が積み上がったので、一番酷い状態である村長《むらおさ》の家から補修開始。平屋《ひらや》なので楽ではあるけれど、長の家なだけあって、他の獣人の家よりも大きいから大変だ。

まずは、屋根の状態を見て修理していく。屋根の仕組みも日本とは違うので、しっかり話し合って決めたんだが……

村長《むらおさ》によると、屋根には魔物の皮を防水シート代わりに使っているというが、如何《いかん》せん面積が小さい。今は雨漏りがするところだけを皮で塞いでいるという。

異世界ってこともあるんだろうが……ここでも技術が違うと実感する。

それだったらこの世界に合わせたほうがいいかな。

「〝シートを錬成、防水と腐敗防止加工〟」

屋根に貼り付けてある皮と手持ちの要らない皮を全部使い、薄くて丈夫な一枚の大きな防水シートを作る。

それを屋根全体にかけ、その上に水を弾く液体を塗った板を、上から段になるように――トランプを広げた時のような重ね方で屋根を覆い、貼り付けていく。

ちなみに水を弾く液体は、この世界の屋根や壁に使われているものだ。

そして獣人たちの家の屋根は、最頂部の棟《むね》から地上に向かって、ふたつの傾斜面が本を伏せたような山形の形状をした切妻《きりづま》という形なので、補修はわりと早い。

瓦《かわら》かスレートを使ってもいいけれど、私はこの村に永住するつもりはないので、彼ら自身で補修できなければ意味がない。

それに、今のところ瓦《かわら》を使った屋根を見ていないのだ。

この世界全体でなのか、この国だからなのかはわからないが、わざわざ教える必要はないだろう。瓦《かわら》を焼くにしても時間がかかるしね。

おっと、話が逸れた。

村長《むらおさ》の家の屋根だが、板を重ねているだけだから、補修だけなら彼らにもできるだろう。

詳しくはあとで大工担当に教えることにする。今も下から、興味深そうな顔をして、私の作業を見ている獣人が五人ほどいるしね。

まあ、木は腐ってくるから取り換えが必要になるだろうけれど、シート自体は防水と腐敗防止を付与しているから、そう簡単に取り換えることはないだろう。

スキルを駆使してあっという間に屋根を終わらせると、今度は外周の補修。

一旦全部の板を剥ぎ取り、柱を確認する。若干細いので本数を増やし、片胴付きという技術を使って組み直す。

この方法なら、獣人たちもできるだろうと考えてのことだ。

隙間なく板を組み、最後はリコに【土魔法】を使ってもらい、風雨除けプラス外壁として、漆喰《しっくい》のような見た目にしてもらうと完成。

「……」

「こんな感じでどうかな。これなら雨も風も防げると思うんだけど……」

三時間ほどで作業を終わらせたんだけれど、村長《むらおさ》は口を開けたまま固まっている。そして大工たちも。

「おーい、村長《むらおさ》？　反応してよ！」

「ハッ！　す、凄いではないか、アリサ！　まさかこんなに早く終わるとは思っていなかったぞ！」

「それはスキルのおかげだってば。確認してくれる？」

「ああ！」

嬉々として家の外周と屋根を見る村長《むらおさ》。確認するために、家の中にも入っていく。

私も一緒に入ると、昨日とは明らかに室内の温度が違うことがわかる。山の中だからなのか、夏とはいえ少し気温が低かったのが改善されていたのだ。

「おおお……。これなら冬が来ても、幼子が亡くなることはない……」

目尻に涙を浮かべている村長《むらおさ》に、そっと視線を逸らす。

「あとは分厚いカーテンと床に毛皮か絨毯《じゅうたん》、暖炉《だんろ》に火を入れれば、冬がしのげると思うわ」

「そうだな」

うんうんと一人で頷き、あちこちの部屋を回る村長《むらおさ》。気に入ってくれたならよかった。

「アリサ、他の者の家も頼む」

「ええ、もちろんよ」

満足した村長《むらおさ》と一緒に外に出ると、住人たちがわらわらと寄ってくる。

「村長《むらおさ》！　凄い立派だな！」

「お、俺たちの家も修理してくれるのか？」

「そうよ。まずは端っこから順番にやるから、待っていて」

「おー!!」

こぶしを上げて喜ぶ住人たち。

さっさと済ませようと、大工たちに教えながら修理を始めた。村長《むらおさ》の家よりも小さい分、二時間足らずで補修が終わる。

ビバ、スキル！　普通ならそんなに早く補修できないから！

途中で昼休憩を挟み、今日だけで六軒の家を補修できた。

残りは明日以降にしようと話して大工たちと解散すると、村長《むらおさ》の家に帰ってくる。

晩ご飯を用意してくれていたから、それをご馳走になって眠った。


それから三日かけて全部の家の補修を済ませ、魔物避けの外周も修理する。

内側に、魔法で二十センチほどの厚さの土壁を作り、簡単に中に入ってこられないよう補強したのだ。ついでに魔物避けの薬を作り、外周に塗っていった。

その発想はなかったらしく、嬉々として手伝ってくれた住人たち。

「雨が降ると流れてしまうから、その都度塗ってね」

「わかっている。ありがとう、アリサ」

「どういたしまして」

外周も家も終わったので、あとは畑だ。

今の畑には栄養が足りないだろうからと森に出かけ、天然の腐葉土《ふようど》を大きな麻袋に詰めていると、不思議そうな顔をされた。

「こんなの、何に使うんだ？」

おおう……ここでも知識が違うと、内心頭を抱える。

「畑に混ぜるの」

「畑に？　大丈夫なのか？」

村人たちは戸惑いながらも手伝ってくれる。

「大丈夫。まあ、見ていて」

麻袋を持って畑にいくと、土の状態と野菜の状態を確かめる。土も野菜も元気がない。

「連作《れんさく》障害が起きてるわね」

「れんさく」

「しょうがい？」

「そう。同じ畑で何年も同じ野菜を作ると、土に栄養がなくなったり、その野菜がかかる病原菌《びょうげんきん》や害虫が増えて野菜の育ちが悪くなるの」

「「なるほど！」」

彼らに話を聞いたところ、ここで三年も同じ野菜を作っているという。それはよくないよねぇ。

他国からなり国からなり技術的な指導や話をしていないんだろうか。

それとも、農業が主流じゃない国だから、ノウハウがないとか？

あの町を見た限り差別はなさそうだったし、野菜や果物もおかしいところはなかったし。

……うーん、わからん。一旦考えるのはやめて、今は目の前のことに集中しないと。

土地が余っていることから、【土魔法】を使えるリコと住人に協力してもらい、土を掘り返してもらう。そこに持ってきた腐葉土《ふようど》を撒き、またかき混ぜる。

「【土魔法】を使えばいいのか！」

「ええ。このほうが楽だし、攻撃や防御だけじゃないってことがわかるでしょ？」

「ああ。家の外壁もそうだしな！」

「あれだったら、俺たちにもできるし」

「うんうん」

耕された畑を見て、嬉しそうに話をする住人たち。馴染《なじ》ませるために一晩そのままにしておき、種まきは明日することに。


そして翌日。

畑担当の人たちが畝《うね》を作り、種を蒔《ま》いていく。井戸はあるが移動が大変なこともあり、【水魔法】や【生活魔法】の水を使って畑に撒いてもらった。【緑の手】のスキルを発動させると、一斉に芽が出る。

「いいなあ、そのスキル。俺にもないかなあ」

「自分のステータスを確認してみればいいじゃない。ずっと畑を担当していたんでしょ？　もしかしたらスキルが増えているかも」

「どれどれ……おおお！　これか！　この、【農業】ってやつがそうか？」

「そうよ。私のとは違うけど、同じ効果だと思うわ」

【農業】のスキルを住人に使ってもらったところ、芽の出方や育成は【緑の手】よりは劣るものの、ほぼ同じ効果だった。

持っていなかったスキルが増えるって、凄いことなんじゃなかろうか。

きっと、長年に亘《わた》って幅広く野菜を作ってきた結果なんだろう。

隣の畑にある元気がない野菜は【緑の手】で元気にし、間に合わせで腐葉土《ふようど》を撒いてもらう。

全部収穫したら、枯れたものと土を一緒に混ぜて、半年から一年放置することを言い含めると、全員頷いた。

あとは簡単な堆肥《たいひ》の作り方を教えた。畑の医者とも呼ばれるカモミールがあれば一番いいんだが、無い物ねだりをしてもしょうがないしね。もし見つけたらという前提で、話だけはしておこう。

「食べ残しが出るようなら、土の中に埋めるといいわ。時々土と一緒に混ぜてあげると、それも栄養になるから」

「なるほど」

「あとミミズ――ミニワームが住み着いてくれたなら、上出来ね」

「ミニワーム？　あの、細長いやつか？」

「ええ。彼らは畑の土を食べて栄養たっぷりの土を吐き出してくれるの。ふかふかでいい土には、必ずいるわ。さっき腐葉土《ふようど》を取ったとき、たくさん出てきたでしょ？」

「「おお～、あれか～」」

腐葉土《ふようど》の中に何匹かミニワームが混じっていたから、もしかしたら勝手に増えてくれるかもしれない。そんな希望を持ったみたいだった。


そんな調子で全部の畑を見て、堆肥《たいひ》作りの様子を確認した翌日。

「行ってしまうんだな」

「盗賊たちが奪った品の状況が気になるもの」

「そうか……」

淋しそうな顔をする村長《むらおさ》たち。一緒に行動することが多かったパストルとチュイは特に別れを惜しんでくれている。

人も村も穏やかでいいところだけれど、ここに永住したいとは思わなかった。ぶっちゃけて言えば、もっと辺鄙《へんぴ》なところに住みたいのだ、私は。

ここから町までは近すぎる。せめて、町から五日以上かかるようなところに住みたい。

獣人たちはいい人ばかりだったけど、ね……

「馬車は大事に使わせてもらうからな！」

「ええ」

「家の修理も畑も、ありがとな！」

馬車は空間拡張はそのままに、椅子の数を減らして荷物がたくさん載せられるよう幌馬車《ほろばしゃ》に改造し、格安で売った。

「あと、これを冒険者ギルドのギルマスに届けてくれんか」

村長《むらおさ》から手紙を渡され、大事にしまいつつ、首を傾げる。

「いいけど、なんの手紙なの？」

「それは、アリサのギルドランクに関する推薦状だ」

「ゲッ！　別にいいのに」

「ネームドをあっさり、しかも首以外の傷が一切ない状態で倒すなど、普通はできないからな？早々にランクアップして、活躍してくれ」

まさかの推薦状でした！　自分がやらかした結果とはいえ、ランクアップは面倒だなあ……

仕方ないかと溜息をつき、リコに跨《またが》る。

「じゃあね」

「気をつけてなー！」

背後からずっと獣人たちの声が聞こえていて、ちょっぴり感傷《かんしょう》に浸る。素直というか、とてもいい人たちすぎて、騙されやしないかと心配になる。

私が教えた知識を使って平和に過ごしてくれればいいんだけれど……

元気でいろよ～！　と内心で叫び、リコを歩かせた。

第四章　ランクアップ

「リコ、街道に出たら、好きなだけ速く走っていいわよ」

〈おう！　あの町まで戻ればいいんだよな〉

「ええ」

採取をしたいとノンが言うので、ノンのペースに合わせて山道をゆっくりと下る。

しばらくすると満足したのか、ノンは大量の薬草を持って帰ってきた。

中には貴重な薬草もあったりして、冷や汗をかきつつ戦々恐々《せんせんきょうきょう》としている。

さすが、神獣にゃんこスライム、黒バージョン。可愛いだけじゃなくてとても有能でした！

〈種も見つけたのー。だから瓶もちょうだいなのー〉

「ちょっと待ってね」

瓶が五つ欲しいと言われてたので作って渡すと、ノンはまた森の中へと入っていく。これからも採取してくれるなら、ノン専用の籠《かご》を作ったほうがいいかしら。

そんなことを考えながらしばらく待っていると、ノンが戻ってきた。

〈アリサ、これが癒し草で、こっちが――〉

「待った！　今は紙とペンがないから、あとでまた教えてくれる？　書いたら瓶に貼り付けるから」

〈うん！〉

「ノンも満足したようだし、そろそろ移動しようか」

〈〈〈〈はーい〉〉〉〉

ちょうど街道に出たので、リコのスピードを上げる。

リコは道を覚えているようで、私が指示をしなくても大丈夫だ。

休憩所を見つけたけれど、複数の馬車と冒険者がいたのでスルーし、途中にあった平原で休憩することに。

「リコ、あそこで休憩しよう」

〈わかった〉

水分をとりお昼代わりの果物を食べていると、一角兎が三羽襲ってきた。それを呆気なく撃退して血抜きからの解体をする。

〈アリサ、森の中になにかいるぞ〉

「今度はなにかしら」

〈ベアとボアみたいだな。あとはフォレストウルフか〉

「一箇所に固まっているの？」

〈ああ。どうやら縄張り争いのようだ〉

「こんな街道に近いところで縄張り争いって……なんて迷惑な。殲滅《せんめつ》しちゃおうか」

〈〈〈〈やったー！〉〉〉〉

ということで、全員で魔物が固まっている場所に行くと、さっさと殲滅《せんめつ》戦開始。

リコはその角と前足、【土魔法】で首と頭を狙う。

ノンは【風魔法】で同じく首を狙う。

ピオとエバは【雷魔法】と【風魔法】を駆使して、やっぱり首を狙う。

綺麗な状態の皮が欲しいなら、首を狙うのが一番なのよね。従魔たちはそれをきちんとわかっているみたい。

……私の影響じゃないことを祈ろう。

十五分くらい戦っただろうか……全部殲滅《せんめつ》し終えた。

つうか、なんで縄張り争いをしていたんだろう？　やっぱりネメシオがいなくなった影響なんだろうか。

私は最近この世界に来たばかりだから、考えても詳しいことはわからない。

まあ、魔物は遭遇したら殲滅《せんめつ》が基本。探してまで戦うのは推奨されていないので、今回はここまで。

それ以上のことを調べるのはギルドの仕事だからね。一応報告だけしておくか。

血抜きと解体に少し時間がかかってしまったが、そこは仕方がない。お肉はまだあるから、今回は全部ギルドに売ることにする。

どうせ報奨金などが出るだろうから、そのお金で食材を買うのもありだし。

……お金ばかりが増えていくなあ。

そのうち、冒険者ギルドに預けようかなあ……ギルドは銀行も兼ねているから。

解体作業を終えて、休憩も終わり。

リコに跨《また》がると町に向けて出発する。本気で走ったからなのか、二時間で着いてしまったよ……

何気にリコもチートだよねぇ。

門で見張りをしていたのは、見覚えのある騎士だった。

「お？　アリサ、帰ってきたのか」

「ええ。頼まれごともあったし、盗賊の件もあったしね」

「そうか。宿が決まったら教えてくれ。あとで説明に伺うから」

「わかった」

タグを提示してから入口にある水晶に触り、中に通してもらう。

この水晶は犯罪を犯していないかどうかを調べるもので、青がなし、黄色が犯罪歴あり、赤がアウトという判断をされる。黄色に関しては完全に更生した人とそうでない人の見分けが大変だぞうだ。

更生していればよし、ダメだとまた捕まって、三回やらかすと完全に赤になるんだとか。そこまでいくと、本当に更生したとしても信じてもらえなくなる。

そんな門の水晶事情はともかく、先に宿を決めてからギルドに出向くことにしよう。

もちろん、前回泊まったあの宿を目指す。

「こんにちは」

「いらっしゃいませ。おや、またのご利用をありがとうございます」

「今回は私一人と従魔が四匹なの。従魔は前回と同じよ。部屋はあるかしら？」

「かしこまりました。二階のお部屋が空いております。階段を上がり、一番奥のお部屋です」

「ありがとう」

リコを預け、鍵をもらうと一旦部屋に行く。

お風呂とトイレは必ずついているのか、この部屋にもあった。他にダイニングっぽくテーブルと椅子が二脚、三人掛けくらいの大きさのソファーがあり、奥にある扉の向こうは寝室になっている。分かれているのは珍しい。

窓を開けると、下にリコが見えた。

ピオはリコと一緒に留守番をしているというので、ノンとエバと共に冒険者ギルドに行くことに。

ギルドに行くと、テンプレが待っていた。

「ようよう、お嬢ちゃんが来るような、ぐふ、ぎゃっ！」

「うしろから近づかないでくれる？　敵と見做《みな》して今みたいに投げるわよ？」

うしろから近づいてきて、お尻を触ろうとした男。そのどてっ腹にひじ鉄をくらわせると同時に背負い投げをしてやった。

堂々とチカン行為だなんて、ふざけんな！

シーンとなった室内をシカトしつつ受付に行くと、タグと一緒に手紙を渡す。

「とある村のギルマスから、ここのギルマス宛に手紙を預かってきたんだけど、いいかしら」

「はい。大丈夫でございます。少々お待ちくださいませ」

イイ笑顔と小声で、「スカッとしました」とウィンク付きで言ってくれた受付嬢。

きっとあの男はそういうことばかりしていた、不埒《ふらち》な冒険者なんだろう。

「Cランクのアイツを一撃か」って話し声がするけど、あんなのがCランクとは程度が知れる。まあ、今はそんなことはどうでもいいかと受付嬢を待っていると、すぐに戻ってきた。

カウンターを出て案内してくれようとしたんだけれど、さっきの不埒《ふらち》な男が立ち塞がる。

「てめえ……舐めた真似してんじゃねえぞ？」

「人のお尻を触ろうとしたんだもの、当然じゃない」

「なんだと!?」

テンプレ一直線かよ！　と呆れた目で見ていると、剣を抜いて振り下ろしてきた。

「やめろ！」

「ギルド内で剣を抜くのはご法度《はっと》だろ！」

他の冒険者たちが声をあげる。

「うるせぇ！　俺をコケにしやがって！　死ねぇ！」

「お嬢ちゃん、逃げろ！」

「はぁ……。進歩と語彙力《ごいりょく》がないわねぇ」

振り下ろしてきた腕を左手で掴むと、あちこちから息を呑む声がした。そして目の前の男からも。

祖父母や兄弟子たちに比べたらめっちゃ遅いんだけど、コイツの振り下ろすスピード。これなら掴めるかもと手を出したら掴めた……なんて言いづらいね、これ。まあ、教えるつもりはないが。

「なっ！」

「この程度で剣を抜くなんて、バカ？　肩を外されるのと腕を折られるの、どっちがいい？」

「なっ、ふざけ……う、動かねぇ！」

「ねぇ……聞いてるんだけど？　つうか、この程度の技量でCランクになれるなら、現在Fランクの私はもっと上に行けそうね」

「「「えっ、Fぅ!?」」」

上に上げようとしている男の腕は、その場で固まったように動かない。

そして腕がプルプルと震えているのがなんとも笑える。

あちこちから突っ込みが入るが、シカトです、シカト。

「ぐ、ぐ、なんで動かねえんだよ！」

「あんたが非力なだけでしょうに。成人したばかりの女の私に負けるって……実はオコサマってこと？」

「て、てめえ！　離せ！　手首が折れる！」

「知ったこっちゃないわ。はい、時間切れ。両方やるわ。あんた、反省しなさそうだものね」

「え、ぎゃあーーー！」

右手で手刀をかけてポッキリ折ると、周囲に折れた音が響く。同時に肩を外すと男を転がした。

あ、今ので手首も折れたかも。どんだけヤワな骨をしてるのよ……図体がデカイだけってか？

「……躊躇《ためら》いなくやったぞ、あのお嬢ちゃん」

「なにモンだ？」

「Fランクって言ってたが本当かよ？」

「騒がしい！　なにがあった！」

「ギルマス……！」

階段の上から声がかかると、冒険者たちが声をあげる。

これもテンプレだなあ……と若干遠い目をしつつ声の主を見ると、熊獣人の男がこっちを真っ直ぐ見ている。すぐに受付嬢が説明してくれたようで、熊獣人の男は冷めた目で転がっている男を見た。

「お前は何度言えばわかる？　自業自得《じごうじとく》でもう庇《かば》えない。Ｆランクに降格だ」

「そ、そんな、ぐぅ」

「当然だろう？　何度問題を起こしたんだ、お前は。剥奪《はくだつ》しないだけありがたいと思え！　誰か、こいつを医務室に連れていってくれ」

未だに痛いと喚《わめ》いている迷惑千万な男を、屈強な冒険者が二人がかりで通路の奥へと連れていく。きっと医務室に行くんだろう。

そして男に沙汰《さた》をくだした熊獣人の男が、今度は私を見る。

「で、お嬢ちゃんがアリサか？」

「そうよ。手紙は受け取ってくれたのかしら」

「ああ。そのことについて話がある。ついてきてくれ」

さすがにこの場でネームドを倒したという話はしないようだ。口が軽い人じゃなくてよかった。

案内された場所は、ギルマスの部屋だ。

受付嬢が二人分のお茶を置いてくれた。香りからして紅茶だろうか。

「改めて。俺はクレスポの町のギルマスで、カルロスという」

「アリサよ。この子たちは従魔のノンとエバ。他にも二匹いるけど、今は宿にいるわ」

「そうか」

そこで一旦話を区切り、お茶を飲むギルマス。

お茶を【鑑定】しても毒などは入っていなかったので、私も一口含んだ。

うん、いい味の紅茶だ。ダージリンに近い味がする。あとで買おう。

「で、タグを見たが、凄いな……」

「なにが？」

「ネームドを倒した件だ。登録してすぐのFランクが倒せるような魔物じゃないぞ、あれは」

「そうね、強かったわ。だけど、それは知恵を絞って戦った結果だと言っておくわ」

「どんな戦い方をしたのか、教えてくれないのか？」

「教えると言っても、端的に言ったら攻撃を避けて首を切っただけだもの。それ以上でも以下でもないわね」

「……」

あんぐりと口を開けるギルマス。まあ、気持ちはわかるけれど、そろそろ口を閉じてほしい。

「ああ、そうだ。そのことでひとつ、報告があるわ」

「なんだ？」

「滞在していた獣人の村からここに来る途中で、ビッグボアとブラウンベア、フォレストウルフの群れが縄張り争いをしていたみたいなの。ただ、その場所が街道に近い森の浅いところだったから、一応報告を」

「そうか。恐らく、ネメシオがいなくなった影響だろう。あいつはこの辺一帯のボスだったからな。しばらくはそういったことに出くわすかもしれんから、一応気をつけてくれ。あとで確認だけはしておく」

「お願い」

報告も終わったし、あとはランクの話をするだけだ。

だけど、ギルマスは悩むように眉間《みけん》に皺を寄せながら、うんうん唸っている。

「なにか問題でもあるの？」

「問題というか、アリサのランクで迷っているんだ。ネームドを倒せるやつを、いつまでもFランクにはしておけん。だが、正規でギルマス権限を入れて飛びランクしたとしても限度があってな……」

「私はそれでも構わないけど」

「そうはいかないから、悩んでいるんだよ。あとひとつ、なにか功績があればさらにランクアップを狙えるんだがな……」

ランクアップかあ……。正直面倒であるけれど、これればかりは仕方がない。Cランクくらいまで上がればいいくらいにしか思っていたんだが。

「ネメシオと、縄張り争いを殲滅《せんめつ》しただけじゃ足りないの？」

「は？　殲滅《せんめつ》、した!?」

「あら？　私のタグを見たんじゃないの？」

慌てて私のタグを確認するギルマス。目が点になって、あんぐりと口を開けたあと、すぐに「がははは！」と豪快な笑い声をあげた。

「これなら問題ないな。三種族の群れの殲滅《せんめつ》及びネメシオ討伐《とうばつ》の功績、俺の権限も合わせて、Aマイナスランクまでいける！」

「せめてCランクに留めてほしいわ」

「無理だな。ネメシオはAマイナスクラスの魔物だぞ？　それを倒すやつが、Cランクなわけあるかよ！」

諦めろとギルマスに言われ、ガックリと肩を落とした。

その後、案内してくれた受付嬢を呼んだギルマスは、私のタグを示して指示をしている。

数分後に返ってきた私のタグは、Aマイナスランクとなっていた。

ぶっちゃけた話、そこまでのランクはいらねー！

ちなみに、冒険者ランクはFから始まるが、Cまではそのままで、Bからは細分化される。Bと言ってもピンキリだから、その技量や力量に合わせてBマイナスから始め、B、Bプラスとなっていく。

最高ランクはSSSランクだが、SSSランクにはマイナスとプラスはない。

ランクアップについてもBマイナスまでは試験がないが、それ以上になると試験を受けて合格しないと、ランクアップできない仕組みになっている。試験内容はランダムなので、討伐《とうばつ》、採取、護衛のどれに当たるかわからない。

ちなみに今回私は、ギルマス権限で試験を免除された。

ランクアップ試験は面倒だし、ランクはもうこのままでいいか。なにか言われたら、全部断ろう。ランクが上がりすぎると、場合によっては貴族や国に囲われることになるかもしれないから、それも面倒だし。

「縄張り争いをしていた魔物の素材を売りたいんだけど、ここでいいのかしら」

「話を聞く限り、その数だとここではまずいな。カミラ、アリサを倉庫に連れていってやってくれ」

「かしこまりました」

「それじゃあね、ギルマス。いろいろありがとう」

「おう。あのバカに関しては、俺に一任してくれていいぞ。しっかり『説教』するからな」

もう一度お礼を言って立ち上がり、カミラと呼ばれた受付嬢のあとについてギルマスの部屋を出る。倉庫は一階の奥にあるんだそうだ。

「本当にお強いんですね！　さっきもざまあ！　と思いましたわ」

「そんなに酷い男だったの？」

「ええ。今までも胸やお尻を勝手に触ろうとしました。実際に触られたこともあります。それは我々職員だけではなく、女性冒険者に対しても含まれます」

カミラの声と表情には、嫌悪の感情が表れている。

おいおい……なにをやっているんだ、女の敵め。

「他の男どもは誰も助けなかったの？」

「助けてくれる方もおりましたが、全員ではないですね。あの男も、自分よりもランクの高い冒険者がいるときはそういったことをしなかったので……」

「女の敵、そしてクズな男ね。それだったら腕を斬り落としてやればよかったかしら」

「それもよかったですね」

カミラと一緒に物騒《ぶっそう》なことを話しながら歩いていると、話を聞いたらしい男の冒険者がギョッとした顔をして逃げていく。……軟弱者《なんじゃくもの》め。

倉庫についたので、中に入る。中にはおっさんたちが数人いた。

「カミラ、大口か？」

「ええ」

「お前さんが客か」

「アリサよ。どこに素材を出したらいいかしら」

「解体前ならここ、解体済みならあっちのテーブルに頼む」

場所を示されたので解体済みのテーブルに行く。皮や爪、牙や肉、薬の材料となる内臓などすべてを出すと、テーブルがいっぱいになってしまった。

「おいおい、すげえな！　どれだけ狩ったんだ？」

「縄張り争いをしていたのを殲滅《せんめつ》しただけよ」

「解体はアリサがしたのか？」

「ええ。スキルを持っているから」

「へえ！　いいよな、あのスキルは！」

わらわらと寄ってきたおっさん数人が、端っこから状態をチェックしていく。スキルがあるといえど、戦ったときにあちこち傷をつけてしまうと、そのあとが残ったまま解体されてしまうのだ。おっさんたちはそれがよくわかっているようで、感心したようにチェックしていく。

「肉《これ》はいつやったんだ？」

「二時間も経っていないから、まだ新鮮なままのはずよ」

実際は二時間以上経っているが、マジックバッグに入っていたので、新鮮そのものだけれど。

「お、それは助かる。おい、すぐに商業ギルドに持っていってくれ！」

「おう！」

肉は鮮度が命だ。新鮮なうちに商業ギルドに卸《おろ》し、そこから商店や屋台などに売られていく。商業ギルドには時間が経過しない冷蔵庫があるから、そこに保管するとおっさんが教えてくれた。

持っていく鞄も、インベントリになっているマジックバッグ。その中に肉を全部詰めたお兄さんは、すぐに倉庫をあとにした。

「ふむ……金貨三十、いや、状態がすこぶるいいから、三十五ってところだな」

「構わないわ」

「よし。カミラ、頼む」

「わかりました。アリサ様、こちらにどうぞ」

「呼び捨てでいいわ。私もカミラと呼ばせてもらうから」

「ふふ。かしこまりました、アリサ」

おっさんから木札をもらったカミラが、私を連れて受付カウンターに戻る。

そしてお金と交換し、私のところに戻ってきた。

「こちらが買い取り金額となります」

「ありがとう」

一旦お金を受け取ったが、持っているのも怖いしと、口座が作れるかどうか聞いてみることにした。

「ああ、そういえば、ギルドはお金を預けられるのよね？　口座を作ってもらってもいいかしら」

「かしこまりました。タグを貸していただけますか？」

「はい」

タグをカミラに預ける。カードリーダーのような形の石板にタグを載せ、なにやら操作したと思ったら、また別の石板にタグを置くカミラ。

「これで口座開設となりました。今すぐに預けますか？」

「ええ。ちょっと金額が多いんだけど……ここで大丈夫？」

「でしたら、こちらにどうぞ」

タグを持ったカミラが、カウンターの一部を跳ね上げて中に入るよう促す。

こちらですと案内されたのは、外から見えない応接室。ここは金額が多い場合に呼ぶ部屋で、安全のためにも防音結界が幾重にも張られているそうだ。

「おいくら預けますか？」

「実は、盗賊絡みで手元にかなりの額があるの。それとさっきの報酬、そしてネメシオ討伐《とうばつ》報酬を預けたいんだけど、いいかしら」

「構いませんが……」

「驚かないでね？」

リュミエールからもらったお金も預けてしまえと、全部で白金貨五枚相当のお金をテーブルの上に載せると、カミラの顔が引きつった。

「これでもまだ五分の一は手元にあるのよね……」

「ははは……。あら、騎士団長様が仰っていた盗賊を捕まえた冒険者って、もしかして」

「私ね。その関係で捕まっていた獣人たちを、村まで送っていってたの。その道中で討伐《とうばつ》したりね……」

「なるほど。盗品に関する謝礼金も発生しますね、それは。口座を作って正解だと思います」

「やっぱり……」

謝礼金の金額がどこまで膨れ上がるかわからないから口座を作ってもらったんだけれど、正解だったみたい。

謝礼金に関しては常にギルドに預ける形にしてもいいか質問すると、冒険者はみんなそうしているというので、お願いした。

常に町の中にいるわけではないからこその措置《そち》で、タグに金額が書かれるうえに、入金があるとその分加算されていくので、他の町や国に行ってもギルドから引き出しが可能だという。書かれた金額は本人にしか見えず、タグに自分の魔力を流すと表れるそうだ。

便利だなあ、タグって。

まあ、失くした場合、再発行に金貨一枚かかってしまうほど高額なんだけどね。それだけの技術を使っているんだから、当然だわ。

「これで終了となります。もし、しばらくこの町に滞在なさるのであれば、依頼を受けていただけると助かりますわ」

「わかったわ。明日掲示板を見てみるわね」

「よろしくお願いいたします」

席を立ち、カミラと一緒に戻る。カウンターの外に出ると「またね」と声をかけ、掲示板がどこにあるか確認してからギルドを出た。

宿に戻る途中で、騎士団長に会った。

「やあ、ちょうどこれから伺うところだった」

「そうなのね。なら一緒に宿に行くか、どこか別の場所で話をする？」

「そうだな……ここからなら宿よりも騎士団の詰め所のほうが近いし、他の人間に聞かれることもないから……どうだ？」

「いいわ」

歩いて五分もしないうちに立派な建物に着く。そこから騎士がたくさん出入りしていた。

「こっちだ」

騎士団長の案内に従って歩いていくと、重厚な扉が見えた。そして扉を開けると、中に入る。

大きな木のテーブルには書類がある。部屋の真ん中にはローテーブルがあり、ソファーが四方を囲っていた。そのうちのひとつに座る。団長は近くにいた騎士に「お茶をふたつ頼む」と声をかけていた。

そしてしばらく待っていると、お茶とお茶菓子が一緒に出された。ここでも紅茶が出されたということは、この国では紅茶が主流の飲み物なんだろう。

個人的にはコーヒーか緑茶が飲みたいところだけれど、今は我慢だ。

「まず、盗賊たちについてだが。彼らのうち三人が個人的な賞金首、盗賊団としても賞金首になっていてな。生きたまま捕まえたことで、かなりの額の報奨金が出ることになった」

「そんなに有名な盗賊だったの？」

「ああ。この町だけではなく、隣の町や他国でもやらかしていてな。貴族も襲われていることから、かなり金額が跳ね上がった」

「あらまあ……」

「そして盗品についてだが、ほとんど持ち主に返すことができた。現れなかったのは、盗賊どもが持っていた武器や防具と、短剣くらいか」

その情報に驚く。まさか、ほとんどが持ち主の手元に戻っているとは思わなかった。

「ただ、中には謝礼金を払えない人もいてな……。その場合の対応はアリサ次第になるがどうする？」

盗賊が盗んだ品物は基本的に持ち主へと返品される。

その際に、品物を奪い返してもらったお礼として謝礼金を払うことが通例なのだ。

盗賊相手の戦いは危険だからね。それはさておき……

「払えないのは、どんな人？」

「平民だ」

「なるほど。なら、その人たちにはタダで返してあげればいいわ」

「は？」

今度は私の言葉に驚く団長。私はそこまでがめつくないぞ？

「盗品の絵や宝石の持ち主は、貴族がほとんどでしょう？」

「ああ」

「彼らが謝礼金を出してくれているなら、特に問題ないわね。それに、これ以上お金が増えても、使いきれないというのが本音かしら」

「ははは っ！　確かにそうだな。なら、平民に関してはそのようにしよう」

「ありがとう。ああ、そうだ。ギルドに口座を開いたの。お金は直接そっちに入れてくれると助かるわ。スリに狙われなくてすむし」

「確かにな。なら、そうさせてもらおう。残ったものはどうする？」

盗賊が持っていたものか……と考える。リュミエールからもらった武器があるからいらないし、特に欲しいと思えるものはなかった。

「うーん……特に必要ないから、そちらに任せるわ。いいものならとっておけばいいし、使えないものは鋳潰《いつぶ》してまた剣にすればいいじゃない」

「いいのか？」

「ええ。武器は間に合っているもの」

「そうか……ありがとう」

ほくほく顔の団長。きっと欲しい短剣か武器があったんだろう。

使わずに私の鞄の中で死蔵するよりも、有効活用してほしいし。そう伝えると、団長は笑った。

「他になにもなければ、宿に帰るわね」

「ああ。しばらく滞在するんだろう？」

「そのつもり。町を出るときはまた教えるわ」

紅茶を飲みきり、席を立つ。団長に案内されて外に出た。

まだ陽が高いから、少し町を散策してもいいかもしれない。紅茶も買おう。

さっそく獣人たちと買い物に行った商店に出向き、茶葉が置いてあるコーナーに行く。茶葉は全部で五種類しかないが、どれも日本にいたときに嗅いだ馴染《なじ》みのあるものだ。

さすがに名前は違うけれど、ダージリンやアールグレイと同じ香りの茶葉を、小さな缶で買うことに。

他になにかないか見てみると、コーヒー豆を発見した。

コーヒーミルも置いているし、ドリップ用のポットを含めた一式もあった。フィルター紙の代わりに布を使っていることから、何回でも使えるようになっているんだろう。

結局、コーヒーを淹《い》れる道具一式と豆、瓶に貼るための紙とのり、ペンとハサミも買い、ほくほく顔で店を出た。

そのままゆっくり歩いていると、「あっ！　にゃんすら様だ！」という子どもたちの声があちこちから聞こえてくる。そのたびにノンが愛嬌《あいきょう》を振りまいて手を振ると、子どもたちは笑みを浮かべて手を振り返していた。

人も雰囲気も悪くない町だ。けれど、私にはどうしても窮屈《きゅうくつ》にしか思えなかった。

——もっとこぢんまりとした場所で、好き勝手に生きてみたい。切実にそう思う。

日本にいたときはそれができなかった。

日々の生活に追われ、会社を行き来するだけで精一杯だった。そもそも人に囲まれた生活が息苦しいのだ。

だからこそ、自分にゆとりがほしくて猫を飼おうと思っていた。結局それは叶わなかったが。

だけど今はノンがいて、リコがいて、ピオがいて、エバがいる。

もふもふもツルスベも、風を切って疾走《しっそう》する感覚も。

異世界にいるからこそできたことだから……

お金も、しばらく旅をしてても問題ないくらいあるしね。

よし！　四匹とのんびり暮らすための安住《あんじゅう》の地を探すぞ！　と気合いを入れ、宿に戻った。

「ノン、瓶の中に入っている種の種類を教えてくれる？」

〈うん！　えっと、これが癒し草で、こっちが解毒草。あと——〉

瓶を持ったノンが、森で採取した薬草について教えてくれる。その都度《つど》紙に書き、瓶を順番に並べる。全部教えてもらったあとは紙を切り取り、のりをつけて瓶に貼り付けた。

「定住するところが決まったら、種を蒔《ま》こうね」

〈うん！　だったらノンは、もっとたくさん瓶が欲しい！〉

「籠《かご》もいる？」

〈いいの？　なら、籠《かご》も欲しい！〉

「いいわよ」

〈やったー！〉

満面の笑みを浮かべ、ぴょんぴょんと跳ねて嬉しさを表現するノン。

尻尾もピーンと立っている。本当に可愛いぞ！

籠《かご》と瓶はまた作ろうとノンと約束し、ご飯の時間までリコのところに行って、ブラッシングをしたり体を拭いたりと世話をする。ピオやエバもしてほしいというので、部屋に戻ってからと約束した。

フレスベルグ用のブラシなんてないからね。部屋に戻ったら、マジックバッグの中に入っている木で作るつもりだ。

そろそろ食事の時間だからとリコと別れ、建物の中へと入る。従業員に案内された席でご飯を食べたあと、部屋にこもってブラシを作り、ピオとエバをブラッシングした。

翌朝、宿を出て冒険者ギルドに行ってみる。まだ朝だからなのか、混雑していた。それを横目に見つつノンと掲示板を眺める。

〈どれがいいかな～♪〉

「ノンはどんな依頼を受けたい？」

〈なんでもいいのー〉

「そう……」

なんでもいいっていうのはちょっと困るな。

簡単なものがいいけれど、私のランクを考えると薬草採取の依頼は受けづらい。仕方なくAランクとAマイナス、Bプラスランクの依頼が貼ってある掲示板を見たら、ホーンウルフの群れの討伐《とうばつ》依頼があった。

その数、三十。それ以上討伐《とうばつ》すれば、その分報酬を上乗せすると書いてある。

「これにしようか」

〈うん。みんな一緒に行くよね？〉

「行くわ。もちろん、リコも連れていくわよ」

〈やったー！〉

はしゃぐノンを可愛いと思いつつ、依頼を剥がして受付に持っていく。そこにいたのはカミラだった。

「おはようございます、アリサ。さっそくありがとうございます」

「おはようございます。討伐《とうばつ》証明はなにかしら」

「角となります」

「ありがとう」

名前の通り、ホーンウルフはその額に三十センチほどの長さの黒い角を持っている。その角を持って帰ってくることで討伐《とうばつ》が証明されるのだ。タグでもわかるけど、一応ね。ちなみにホーンウルフは毛皮や肉も売れ筋だ。毛の色は角と同じ黒だが、とても綺麗な毛並みらしい。それ故に、コートや外套《がいとう》として人気が高いんだとか。

依頼を受け終わったら一旦宿に戻り、リコを連れて門へと向かう。

「この町を出るのか？」

「いえ。今日は依頼で森に行くの」

「そうか。気をつけてな」

「ありがとう」

相変わらず気さくな門番と会話をして、門を出たらすぐにリコに跨《また》がる。

「リコ、森に行くわ。ホーンウルフの討伐《とうばつ》よ」

〈おお！　それは楽しみだ！　俺も戦っていいんだろ？〉

「もちろん。みんなも手伝ってね」

《《《はーい！》》》

マップを見つつ、森へと移動する。ピオとエバに探索をお願いし、私たちは二羽のあとをついていく。すると、すぐにホーンウルフが二体見つかった。

〈俺がやっていいか？〉

「いいわ。気をつけてね。ノン、リコの補助をしてくれる？」

〈うん！〉

私がリコから降りるのを見て、ノンがリコの頭の上に飛び乗る。するとすぐにリコが動き出した。ここに来るまでの間に、毛皮は有用なので、できるだけ傷をつけないで倒してほしいと話していたんだけれど、リコは見事にそれを実現した。

なんと、【土魔法】のストーンランスを地面から出し、首を貫《つらぬ》いたのだ！　えぐい！

〈もっと細いほうがいいな〉

〈だね。そうすればもっと綺麗に頭を貫《つらぬ》けるのー！〉

〈なるほど！〉

「頭を貫《つらぬ》くのはいいけど、角は傷つけないでね。角は討伐《とうばつ》証明の部位だから」

《《わかった！》》

リコとノンが仲良く返事をし、今度はピオとエバが戦いたそうに私を見ている。それに苦笑しつつ、次に見つけたらと約束をした。

個人的に必要な薬草を採取しつつ歩くこと十分。今度も二体のホーンウルフを見つけた。

《《行ってきていい？》》

「いいわよ。気をつけてね」

許可を出すなり、ホーンウルフの目の前を飛ぶピオとエバ。

危ないことをするなあと思いつつ黙って見ていたら、口を開けたホーンウルフの中に、ファイヤーランスを放った。これまたえぐい！

内臓を焼かれたホーンウルフは、しばらくのた打ち回っていたけれど、すぐに動かなくなった。

解体はあとでまとめてしようと思って、どんどんマジックバッグにしまっているんだけれど、今のホーンウルフの肉がどういう状態になっているのかわからない。もし焼けていたら、私たちで食べてしまおうと考えた。

そしてその後もリコ＆ノン、ピオ＆エバで次々にホーンウルフを倒していく。たまに私も戦っているが、圧倒的に従魔たちのほうが倒す数が多い。

まあ、私は楽でいいから、助かる。……主人失格か？

二十体ほど倒したところでお昼の時間となったので、休憩することに。ご飯は肉を小さく切り、それを焼いて食べた。あとはパンと、乾燥野菜を使ったスープ。

ご飯が終わると、休憩するためにも結界を張り、ホーンウルフを解体する。

ただ、血抜きをしないといけないんだが、スキルでそれを無視できないかなあ……と思い、試しに血抜きせずにやってみることに。

「〝解体〟って……できちゃったよ……」

失敗してもいいやと思ってやってみたら、綺麗に解体できた。肉を【鑑定】してみたけれど、血生臭いとか美味しくないとかそういった文面はなかったので、安心する。

そうとわかればさっさと解体するに限ると、出しては解体を繰り返した。

これなら、動かなくなった時点ですぐに解体できるから楽だ。必要ない骨と内臓は土の中に埋めてしまえばいいしね。

種族によっては骨も装飾品や矢じりなどに加工できるが、ホーンウルフの骨は使い道がないので埋める。

で、ファイヤーフンスで倒したホーンウルフは、やっぱり少し肉が焼けていた。

この分は私たちがもらうことにしよう。

まあ、依頼以上に狩ることができたら、上乗せ分とは別に私たちの懐に入れればいいだけだ。

解体が終わるころにはお腹も落ち着いたからと、また森の中を歩く。

奥に行くほどホーンウルフの数が増えていくから、それなりの群れがあるか、繁殖《はんしょく》しているんだろう。

結局全部で五十体ものホーンウルフを討伐《とうばつ》することができたので、町に帰ることにする。十体はそのまま私たちの懐に、四十体はギルド行きだ。

帰りはリコに跨《また》がり、森の中を疾走《しっそう》する。途中でビッグボアとかちあってしまって戦闘になったけれど、リコがストーンランス一発で頭を貫《つらぬ》き、倒していた。やっぱりえぐい！

さっさと解体して森を抜け、町に戻る。

そのまま冒険者ギルドに向かい、受付カウンターに行ってタグと角を一本出し、討伐《とうばつ》数を報告すると、倉庫に案内された。

「お？　今日も大口かい？」

「ええ。ホーンウルフが五十よ。だけど、そのうち十体分の肉と毛皮は個人的に欲しいから、それ抜きでもいいかしら」

「ああ、構わない。なら、昨日と同じようにこっちのテーブルに出してくれ」

解体済みなのがわかっているかのような対応に苦笑するけれど、間違ってはいない。ホーンウルフの素材と、ついでに途中でかちあったビッグボアの素材も出すと、とても喜ばれた。

ビッグボアはまるまる一体分だし。

「ふむ、これなら金貨三十五枚だな」

「充分よ」

カウンターに戻り、素材を売ったお金と達成したお金を受け取る。半分は貯金してほしいとお願いをしたら、カミラは笑みを浮かべてすぐにやってくれた。

それから二日ほど滞在して依頼をこなしたけれど、特にこれといった依頼もなくなってしまったので、町を出ることにした。

ギルドに立ち寄ってカミラに伝える。

「ああ、そうだ。近いうちにこの町を出るわ」

「そう……残念ね」

「旅をしている途中だし、そろそろ旅が懐かしくなってしまって」

「それは仕方がないわね……。道中、お気をつけて。リュミエール様のご加護《かご》がありますように」

「ありがとう」

すでに加護《かご》がありますとも言えず、お礼だけを言ってギルドを出る。団長にも話をしないとね〜、なんて思っていたら、ちょうど前から団長が歩いてくるのが見えた。

「こんにちは、団長さん」

「やあ。ギルドの帰りか？」

「ええ。依頼をこなしてきたの。あと、近々この町を出るわ」

「そうか……残念だ。謝礼金の件はギルドに入れておく」

「お願い」

じゃあねと簡単に挨拶をして、商会に行く。旅の準備として、乾燥野菜や乾燥キノコ、調味料やスパイス類を買い足しておきたかったのだ。

他にも生野菜や卵を三日分購入し、隣にあるパン屋でパンも買う。バーガーバンズのような丸パンしかなく、食パンがないのが残念だ。酵母《こうぼ》も売っているから、それを買ってどこかで食パンを焼いてもいいかな。

まだ米が懐かしいという感じはないけれど、そのうち食べたくなるかもしれない。小説だとどこかに野生の米があるか、飼料として売られているかが定番だから、そのうち見つかるだろうと考え、宿に戻った。

そして従業員にリコを預け、部屋の鍵を受け取ると、明日出発することを告げた。

晩ご飯を食べて部屋で荷物の整理をする。

それから従魔たちと戯《たわむ》れたあと、明日に備えてしっかり眠った。

# 第五章　旅の始まり

翌朝。

「お気をつけて。こちらはお昼となります。よろしければ召し上がってください」

「ありがとう」

カウンターにいる従業員からお昼ご飯を受け取り、バッグの中にしまう。リコを連れて北門へと行き、そのまま町を出る。

リコが疲れるまで走りたいと言うので任せてみたんだが……走るのが楽しくて仕方がないのか、ずっとスピードに乗って走り続けている。獣人たちの村に行く入口を通り過ぎ、ふたつの休憩所と次の町も通り越す始末。

本来ならば、二日かかる道のりだ。

それをたった半日で通り過ぎるって……！　リコってば凄すぎる！　どれだけのスピードで走っていたのかわかるだろう。

本当ならば風の抵抗も受けるはずなんだけれど、ノンが風を避ける結界を張ったこともあり、私もノンもリコから振り落とされたり強風に煽《あお》られて落ちる、なんてこともなかった。

そんなスピードなのに、上空にいるピオとエバは、本来の大きさになって私たちのあとをついてくる。それも凄いことなのに、ノンに至っては〈速い速い！　リコ、カッコいい！〉とずっとはしゃいでいた。

それに気をよくしたリコも張り切ってしまい、ずっとスピードを落とさずに来たのだ。凄いです、バトルホースの脚力と体力は。

ちなみに、ピオとエバの本来の大きさは五メートルくらいだと言っておこう。いつもは小さくなっているんだよね。

それはともかく、さらに一時間走ったリコは、やっと満足したのかスピードを緩め、誰もいない休憩所で止まってくれた。

さすがに私も疲れたよ……

〈満足した！　ありがとう、アリサ〉

「どういたしまして。休憩も兼ねてご飯を食べようか」

〈〈〈〈うん！〉〉〉〉

ピオとエバもカラスサイズになって私の肩に舞い降りてくる。

ご飯はどうしようかと悩んでいると、肉が食べたいとリクエストをもらったので、串焼きにした。

他にもスープを用意して、私は肉とレタスをパンに挟んで食べる。

二時間ほどまったりと休憩したあと、また街道を北に向けてひた走る。ここまではずっと一本道だったけれど、もうしばらくすると十字路になるとマップが示している。

「あと少しで十字路に出るけど、どの方角に行きたい？」

〈そのまま北に行っても山があるだけだわ〉

〈ああ。大抵の人間は、東に向かって山を迂回《うかい》するみたいだし〉

〈だったらノンは、東がいいな〉

〈俺も〉

「そうなんだ。なら、東に向かって山を迂回《うかい》しよう」

北に向かって道が続いているからそのまま突っ切るのも手だけれど、そういうところは山賊だの夜盗だのがいるのが普通だ。そんな面倒事は避けたい。

なので、東に向かうことにした。

十字路を曲がり、東に向けて走るリコ。そろそろ次の村に着くころだけれど、面倒事はごめんだからと通り過ぎた。休憩所も人がいっぱいで泊まれるような場所はなく、結局森で一夜を明かすことに。

「じゃあ、みんなで薪を拾おうか」

〈〈〈〈はーい〉〉〉〉

森の中に入り、開けた場所に移動する。伐採《ばっさい》した跡地なのか、切り株がかなりあった。

その合間の開けた場所にテントを設置することに決めてから、まずは薪拾いだ。その後はテントを展開して結界石を使った強固な結界を張った。

その外周にも結界を張れば、リコが外に出ていても安全が確保できる。まあ、テントの中に入ってもらうつもりだけれど、入れるのかしら。

「リコ、試しにテントの中に入ってみて」

〈ああ。……おお？　俺も入れた！〉

「おお、凄い！」

テントの入口を限界まで広げ、リコに頭を突っ込んでもらう。すると、難なく中に入ることができた。これなら安心して眠ることができる。

リコだけ外で……なんて可哀想だもの。定住先が決まったら、昔の日本家屋にあったような、土《ど》間《ま》を作ってそこで一緒に寝よう。

そうすれば、リコだけ仲間外れ、なんてことにはならないしね。

「よし。じゃあ、私はご飯を作るね」

それぞれ寛《くつろ》いでいてと声をかけ、私は竈《かまど》を作ってからみんなで集めた薪を使って火を熾《おこ》す。ノンは採取に行くというので、約束どおり蔦《つた》を材料に籠《かご》を作って渡すと喜んでくれた。

もちろん重量軽減と空間拡張、時間停止を施した籠《かご》だ。

ピオとエバは夜目《よめ》が利かないから私の傍に、リコはノンと一緒に行くと言って、森の中に入っていく。本当に仲がいいなあ、二匹は。

最初からずっと一緒にいるからなんだろう。

「ピオとエバも籠《かご》かマジックバッグが欲しい？」

《《欲しい！》》

〈そうすれば、狩ったものを入れてアリサのところに持ってこれるし〉

〈そうね。他にも果物とかを入れられるわ〉

「そっか。なら、みんな仲良く同じものを作ろうか」

《《やったー！》》

羽根を広げて万歳するピオとエバ。その人間臭い仕草にほっこりして、二羽を撫で回す。

ピオとエバ、リコの分は首から提《さ》げられるようにして、ノンの分は斜めがけの鞄にしようかな。

……あの丸い体に掛けられるかは別問題だが。

まあ、それを作るのはあとにして、まずはご飯の用意をしないと。

リュミエールが送ってくれたパンの残りと、乾燥野菜とキノコを使ったスープ、肉は一角兎をフライパンで焼く。全員分のご飯の用意が整ったころ、ノンとリコが戻ってきた。

「《《おかえり！》》」

《《ただいま！》》

「なにが採れたの？」

〈キノコと薬草なのー！〉

〈あと、ブラウンボアがいたから狩った〉

リコはブラウンボアを咥《くわ》えて持ってきていた。ビッグボアよりも小さい、イノシシの魔物だ。牙はそんなに大きくないが、これも肉が美味しい。

「おお、立派なブラウンボアだね！　その皮を使って、みんなのマジックバッグを作ろうかな」

〈わー！　ノンも欲しいのー！〉

〈俺も！〉

ノンもリコもマジックバッグが欲しいというので、あとで作ろう。ノンに聞いたら頭に載せたいと言うので、リボン型にすることにした。

さっさとブラウンボアを解体すると、インベントリになっている鞄の中にしまう。

「まずはご飯にしようか。召し上がれ」

〈〈〈いただきます！〉〉〉

「いただきます」

この世界にもいただきます、ごちそうさまという言葉がある。意味は日本と同じ。

命を糧《かて》にいただきます、そして感謝ということだ。

明日はどこまで行こうとか、途中の村か町に寄るかどうかを話し合いながら、ご飯を食べる。美味しいと言ってくれるから、私も作った甲斐《かい》がある。

視界の端に写るマップにちらほらと赤い点が見えるけれど、こちらに近寄ってくる気配はない。

そこから五キロ先に赤い点が密集しているが、他にも緑の点が十個あるから、冒険者たちがゴブリンかオーク、ウルソ系の魔物を狩っているんだろう。

助けを求められたら手伝えばいいかとこちらから行くようなことはせず、ゆっくりと食事を楽しんだ。今は簡単な料理しかしていないけれど、定住したらしっかりとしたものを作りたい。

日本にもあったもののように便利な魔道具を作ってもいいなあ。販売するかどうかは別にしてね。

この世界にもあるといいな……と思いつつ食事を終わらせ、ブラウンボアの皮を使ってみんなの分のマジックバッグを作る。

「〝マジックバッグを錬成、重量軽減、空間拡張、時間停止、伸縮自在付き〟」

皮が光って四つの鞄ができる。そこからひとつだけはリボンの形にして、それをノンに、他はリコとピオとエバの首にかける。

「どうかな、苦しいとかない？　ピオとエバは大きくなっても小さくなっても大丈夫かどうか確かめてね」

〈俺は大丈夫だ〉

〈あたしも大丈夫よ〉

〈オレも〉

〈ノンも大丈夫なのー〉

《《《ありがとう！》》》

「どういたしまして」

擦り寄ってきた従魔たちを一匹ずつ撫で回し、寝る準備をする。倒木があったらベッドを作ろうかとも思ったけれど、見える範囲にはなかったので、今回は寝袋で寝ることにしまった、あの町の商会に綿があったのに、買ってくるのを忘れた。

次の町に綿があったら、布を一緒に買って布団を作るか、布団自体を買おうと決める。そして、念のため竃《かまど》の中に魔物避けの薬を投入してから結界を強化し、全員でテントの中に入る。

「明日もよろしくね、みんな」

《《《はーい！》》》

「《《《おやすみ》》》」

リコは広いところで横になり、私はその近くに寝袋を置いた。中に入ると、すかさずノンが中に入ってくる。ピオとエバは、私とリコの間に陣取っている。

なにかあれば結界が揺らぐし、従魔たちも気配で目を覚ますだろうからと、安心して眠りについた。

何事もなくぐっすり眠った翌朝、身支度を整えみんなで外に出て、昨日リコが狩ったブラウンボアの肉を使って朝ご飯。竃《かまど》やテントを元に戻したあと、リコに跨《また》がって出発した。

昨日マップにあったたくさんの赤い点は見当たらず、緑の点が同じ場所に表示されている。きっと彼らが殲滅《せんめつ》したんだろう。

これなら大丈夫かとさっさと森から離れ、街道に出たらすぐにリコを走らせた。

街道に出て一時間、町まではいかないけれど、比較的大きな村が見えてきた。街道沿いにあるからなのか、それなりに人の出入りがある。そのうち、町に発展するかもしれない。

スパイスを買うためにその村に寄ることにする。ブラウンボアの牙と魔石も売りたいしね。

「リコ、あそこで休憩しよう」

〈おう〉

村の入口でリコから降り、水晶に触る。入口でギルドの場所を聞いて向かった。ノンとピオを連れて中に入ると、真っ直ぐ受付に向かう。

「こんにちは、本日はどのようなご用件でしょうか」

「こんにちは。ブラウンボアの牙と魔石を売りたいんだけど、このカウンターで大丈夫かしら」

「それでしたら、向かって右のほうに買い取りカウンターがございますので、そちらでお願いいたします」

「ありがとう」

なるほど、奥に買い取りカウンターがあるのか。さっさと買い取ってもらい、この村を出ることにした。

お昼前だからなのか冒険者が並んでいるようなことはなく、すぐに買い取ってくれた。一応掲示板も見たけれど、特に問題や急ぎの依頼はない。

商店に寄ったけれど欲しいスパイスがなかったし、他に特に惹《ひ》かれるようなものもなかったのでなにも買わずに村から出た。

そこから走ること、二時間。

「ん？　森のほうになにかいるわね」

〈あたしが見てくる〉

「お願い、エバ」

リコにスピードを落としてもらい、エバの帰りを待つ。帰ってきたエバによると、ゴブリンが大量に湧いているとのことだった。しかもマップを見れば、近くに町がある。

「あちゃー。私のランク的にこれは見過ごせないなあ。バレたらあとでなにを言われるかわかんないし」

冒険者はランクに応じて街を守る義務があるんだよね。面倒だけれど気がついてしまったらしょうがない。

〈殲滅《せんめつ》する？〉

「そうしようか。みんなでやるよ。倒したらマジックバッグの中にしまってね」

〈〈〈〈わかった！〉〉〉〉

リコから降りて、今回は槍を装備する。見た目は三国志の関羽が持っていた武器のような形の槍だが、切れ味はバツグンだし、刀同様に手入れも必要ない。これもリュミエールご謹製《きんせい》のものだ。

「ノンは私と一緒にいてね」

〈はーい〉

「みんなは私からあまり離れないよう、気をつけて！」

私の言葉に、リコとピオ、エバが動き出す。私もそのあとを追うよう走る。

リコは【土魔法】のストーンバレットで次々にゴブリンの額を打ち抜いて倒し、ピオとエバは【雷魔法】のサンダーランスで一撃。そしてノンは【風魔法】のウィンドカッターで切り刻み、私は槍の一振りで真っぷたつにする。

「さすが、リュミエールね。この槍も切れ味バツグンだわ～」

〈リュミエール凄いの！　ノンも魔法で頑張るのー！〉

「お願いね。みんな、怪我したら私のところに来てね。ノン、みんなの回復をお願い」

〈うん！〉

〈〈わかった！〉〉

本当にいい子たちだわ～。ゴブリン討伐《とうばつ》の最中だけれど、癒される～！

どんどんゴブリンを倒していくが……これはさすがに多い気がする。

まさか、集落でもあるんだろうか。

マップを見ると、どんどん赤い点が減っていく。その傍には緑の点で、リコ、ピオ、エバの名前が。やるわね、みんな。さすがAランク以上に分類される魔物たちだ。

とは言っても、赤い点はまだまだある。

「ん……？　緑色の点が近づいているわね」

〈冒険者ー？〉

「そうかも」

私のほうに向かってくる緑色の点は五つ。

他にも五つの緑色の点の塊がふたつ町から出ているから、恐らく、ギルドから緊急依頼が発令されたんだろう。

一緒に戦ってもいいけど、できれば彼らが来る前に殲滅《せんめつ》したいわね。まあ、まだ十キロほど離れているから、充分間に合うかな？

よし！　と気合いを入れて、さらに奥へと歩く。

次々に襲ってくるゴブリンを倒し、三十分もするとリコとピオ、エバが合流してきた。

〈すっごくたくさんいたわ、アリサ〉

〈こっちもだよ〉

〈俺も〉

興奮している様子はなく、緊張感からか表情は硬い。それだけ多くのゴブリンがいたんだろう。

そうこうするうちに、マップが真っ赤に染まっている場所に着いたので、息を殺して潜む。

そっと様子を見れば、明らかに集落になってた。これはアカンやつだ！

〈アリサ、今度はオレが偵察《ていさつ》に行ってくる〉

〈気をつけてね、ピオ〉

草むらに隠れて、念話で会話をする。

マップを見る限り、残り五十体ほど。今まで私とノンが倒してきたのが四十から五十体だ。他の従魔たちがどれくらい倒したかわからないが、きっと同じくらいは倒しているだろう。

それほどの数のゴブリンがいたことを考えると、確実にキングかロードがいる気がする。あるいは両方か。町が近くにあるのに、よく冒険者に見つからずにここまで集落を大きくしたもんだと、ある意味感心する。

〈リコ、ゴブリンたちが逃げ出さないよう、集落の周りに穴を作ってくれる？〉

〈わかった〉

ゴブリンの身長が一メートルほどだから、それに合わせて穴を掘ってもらう。もちろん、私たちが通れるように一部は残してある。

そこまで準備を進めると、ピオが戻ってきた。

〈真ん中の小屋にロードがいた。両隣には二体のキングも。あとジェネラルゴブリンが六体いて、他にもいろいろいた〉

〈あらら。これはずっと放置されていたか、気づかれずにいたかのどちらかね〉

〈殲滅《せんめつ》するのよね？〉

〈するわ。もちろん、全員でね〉

思った以上に強い個体がいて驚いた。ゴブリンの上位種とも呼べるジェネラルたちもいるとなると、かなり長い期間気づかれずにいた可能性が高い。下手をすると犠牲者も多いかもしれない。

全力で殺《ヤ》るとみんなに伝え、バラバラに散って全員で一斉に攻撃することに。位置に着いたら念話を使って合図をする。

〈行くわよ！〉

〈〈〈〈おお！〉〉〉〉

集落の中に向かって魔法を放つ従魔たち。私は正面から突っ込んで、槍で殲滅《せんめつ》していく。あちこちでゴブリンの悲鳴が上がり、それを聞きつけたロードとキングが小屋から出てきた。

小屋を護っていたジェネラルを呆気なく斬り倒し、向かってきたキングも袈裟《けさ》懸《が》けに切る。やられた部下を不甲斐《ふがい》なく思ったのか、ロードが吼《ほ》える。

「グガーーー!!」

「はいはい。怒ったところで、こんなところに集落を作ったのが運の尽きよ」

ロードが剣を抜こうとしたところに心臓めがけて槍を突き刺したあと、一旦抜いてから首を切り落とした。他のゴブリンたちは、従魔たちが殲滅《せんめつ》してくれる。

一応小屋の中に入って生き残りがいないか、そして人質はいないか確かめた。生き残りや人質はいなかったが武器や防具が出てきた。あと、ギルドタグと骨も。

「あちゃー。こいつら、人間の味を覚えちゃったのね」

〈人間の味を覚えたゴブリンやオークは危険なのー〉

「そう……。ノン、みんなと手分けして、倒したゴブリンを私のところに持ってきてくれる？　リコとピオ、エバはバッグの中に入っているゴブリンをここに出してから、集めてね」

〈〈〈〈はーい〉〉〉〉

元気に返事をした従魔たちを、あとでしっかり褒めて撫でようと決め、さっさとゴブリンを解体することにする。確か、ゴブリンの討伐《とうばつ》証明は右耳だ。そして魔石も有用だったはず。

数が多すぎて面倒なので、スキルを使って一気にやることに。

「リコ、ここに大きな穴を作ってくれる？　それが終わったら、周囲の穴を元に戻してきてほしいの」

〈わかった〉

リコはすぐに動き出してくれた。

そして私はといえば。

「〝右耳と魔石、その他で解体〟」

ゴブリンの素材で使える部分なんて魔石くらいしかない。そして他はアンデッドにならないよう、燃やさないといけない。解体したゴブリンは穴の中に入れてと。

「……さすがに多いわよ……。っと、そろそろ冒険者が到着しそうだから、早く終わらせないとね」

〈アリサ、次を持ってきたの〉

「ありがとう、ノン」

〈オレも持ってきた〉

〈あたしも〉

〈俺も！〉

「ピオもエバもリコもありがとう」

うんざりしつつ、やっとの思いですべてを解体した。

あとは小屋もゴブリンと一緒に燃やしたあと、ノンがこの土地を浄化すれば穢《けが》れた土地は元に戻るし、ゴブリンやオークがまた住み着くということもなくなる。

「よし、〝解体〟っと。ピオ、エバ。この穴のものを綺麗さっぱり燃やして」

〈〈はい！　ファイヤーストーム！〉〉

ピオとエバが放った強力な【火魔法】であるファイヤーストームは、骨すらも残さず灰にする。

穴から少し離れたところで燃え上がる炎を見ていたら、人の声がしてきた。

振り向けば、剣を持った男女のグループが三組、近づいてくるところだった。さっきマップに表示されていた冒険者たちかな。

「おい！　そこでなにを……」

「ゴブリンに襲われて、それを全滅させたから、その後処理をしているだけよ」

「まさか……」

「討伐《とうばつ》証明は右耳だったわよね？　これがそうよ。あと、魔石もこっちの袋に入っているわ。タグにも情報が載っているから、それはギルドでね」

「ギルドって……君は冒険者か？」

「ええ。Aマイナスよ」

タグのランクを見せると、彼らはホッとしたように息を吐いた。そして一緒になって炎が上がっているところを見た。

しばらくすると完全に灰になったのか、炎が消える。

〈水をかけて鎮火したら、リコは穴を埋めてね。それが終わったら、ノンには浄化をお願いしたいの〉

〈《任せて！》〉

「バトルホースか」

「ええ。あと、フレスベルグとにゃんすらもね」

『にゃんすら様!?』

従魔たちを見た冒険者全員が驚いている。やっぱりにゃんすらに反応した！

にゃんすらの立場を考えると驚くよね〜……と苦笑していると、ノンが私の肩に乗って触手《しょくしゅ》を出し、〈こんにちは〜〉と愛嬌《あいきょう》を振りまいている。

そんなことをしている間に鎮火と穴埋めが終わったので、ノンが【神聖魔法】のひとつである浄化を唱えると、地面を含めた周囲がキラキラと光る。

「これなら、神官や巫女に浄化をお願いする必要はないな」

「にゃんすら様の浄化だしな」

「すごい浄化作用があるものね、にゃんすら様の浄化は」

「さすがにゃんすら様！」

〈えっへん！〉

女性たちに「可愛い〜！」と言われ、満更でもない様子のノン。

男性たちもにへら〜としながら、ノンを見ている。

男女関係なく好かれる存在、にゃんこスライム。神獣として崇《あが》められているというのがよくわかる光景だ。

早く戻って町の人たちを安心させるためにも、移動しながら話そうということに。歩きながら自己紹介をして、彼らと一緒に町へと向かう。彼らはBランク冒険者だそうだ。

「そういえば、小屋の中にギルドタグがあったわ。あと、武器や防具も。人骨もあったけど、それは一緒に燃やしておいたわ。アンデッドになっても困るから」

「そ、それは……」

タグや人骨のことを教えると、絶句する冒険者たち。

「ええ。この子が言うには、人間の味を覚えたんだろうって」

「……危険な状態だったんだな」

「どれくらいの規模だったの？」

「従魔たちと一緒に殲滅《せんめつ》したけど、ざっと二百五十体前後はいたと思うわ。正しい数はわからないわね」

「……っ」

数の多さで、どれだけ危険な状態だったのかわかったんだろう。またもや冒険者たちが絶句してしまった。

それに、FランクやEランク冒険者パーティーが複数行方不明になっているらしく、小屋に残っていたのはその人たちのタグではないかという話に。それはギルドに行けばわかるか。

一時間も歩くと町に着く。門のところで水晶に触り、一緒に冒険者ギルドに向かう。

ギルドに着いてすぐ彼らと一緒にギルマスの部屋に呼ばれた。

そこでゴブリンに遭遇して殲滅《せんめつ》したこと、ロードとキング、ジェネラルなど変異種や上位種がいて危険な状態だったことを話す。私のタグと一緒に討伐《とうばつ》部位と魔石、武器と防具、小屋にあったタグを見せると、討伐《とうばつ》部位の数の多さにギルマスも絶句していた。

そしてギルマスは、タグを確認して私の話が真実だと知ると、深～い溜息をついた。

「ここ最近、やたらとゴブリンの目撃情報が相次いでいたんだ。もしかしたら集落ができたのかもと、偵察《ていさつ》に行かせた矢先だった」

「なら、私は都合よくここに来たってことなのね」

「ああ。助かった」

魔石は全部買い取ってくれるというのでお願いし、討伐《とうばつ》報酬は明日改めてと言われたので頷く。

そのついでに宿を紹介してもらい、そこに泊まることにした。

「明日の朝には準備が整っているだろう。八時以降に来てくれると助かる」

「わかった。宿もありがとう」

「いや、こちらこそ助かった」

話が終わったので、部屋から出る。

まだ時間があるからと掲示板を見たけれど、私が受けられるランクの依頼もなかったので、そのまま宿を目指しながら通りを歩く。

ここも街道沿いにある町だからなのか、行商人や竜馬《りゅうば》の隊商《キャラバン》を組んでいる商人の姿が多く見られる。とても活気がある町だ。

途中にあった商店に入り、ところ狭しと並んでいるものを見る。

スパイスがいくつかあったので購入する。知らない名前のものも【鑑定】を駆使してその用途を調べ、使えそうなものを選んだ。

ここにも米がなくてがっかりしたけれど、小豆《あずき》があったのでそれを十キロほど購入する。この町の特産品だそうだ。今後小豆《あずき》がなくなったら、転移魔法を使って買いにこよう。

米粉や白玉粉のようなものはないから、小麦粉で代用した団子を作ってもいいかも。途中の町か村にあればいいなあ……と思いつつ商店をあとにして、宿に向かった。

翌朝、朝市になら目新しいものがあるかもと散策したけれど特になく、そのまま冒険者ギルドに向かう。受付でタグを出すと、すぐに報酬を渡された。偵察《ていさつ》に出た人もいることから、私が全体の半分で残りは偵察《ていさつ》に出た彼らで山分けという形にしたそうだ。

魔石の買い取り分があるし、特に不満はないのでそう伝え、魔石の分込みで金貨八十枚という大金を受け取った。なので、全額預けた。怖くて持っていられないしね。

「ありがとうございました」

「こちらこそ」

受付嬢に挨拶をして、ギルドを出る。

特に欲しいものもないし、さっさと町を出ることにした。

門を出るとリコに跨《また》がり、街道をひた走る。隊商《キャラバン》の横を通り過ぎ、歩いている行商人も追い越し、休憩所も通り過ぎて駆けるリコ。楽しくて仕方がないんだろうなあ。

「リコ、次の休憩所で休憩しよう」

〈わかった〉

リコの足で一時間も走ると、休憩所が見えてくる。行商人が数人と冒険者がいるくらいだったので、そこで休憩することにした。女性がいなかったら通り過ぎたけれど、何人かいたからね。

水分補給と、軽食としてみんなでリンゴを食べる。

休憩所にいた人たちがノンを指差したあと、こっそりと拝んでいる様子が見えて、苦笑するしかなかった。

しかも、ノンもそれをわかっていて触手《しょくしゅ》を出して振っているものだから、あちこちから「おっ！」「可愛い！」って声が聞こえてくるし。

「ノン、あまり愛嬌《あいきょう》を振りまくと、連れ去られるわよ？」

〈う……。アリサと離れるのは嫌だから、自重するのー〉

「そうしてね」

そう簡単に連れ去られるとは思えないが、念のため注意だけしておく。

三十分ほど休憩して、街道に出るとひたすら東の方向に移動する。小麦畑があったり草原が広がっている。

途中で北とさらに東に向かう道がマップに現れる。その手前にはバンダミナという町があるようだ。どんな町だろう？　なんて考えているうちに、来ようと思っていた鉱山のある町の名前だと思い出した。

　この町には立ち寄るとして……

「この先に東と北に向かう道があるけど、みんなはどっちに行きたい？」

〈〈〈東！〉〉〉

「ふふっ！　わかった。リコ、お願いね」

〈おう！〉

　声を揃えて東って言うとは思わなかった。

　まあ、急ぐ旅でもないし、のんびりと世界を周りますか！

# 第六章　バンダミナ鉱山都市

マップに町の名前が現れてから走ること三十分、バンダミナに着いた。

山肌に沿って作られた町のようで、あちこちに冒険者の姿が見える。あと、商人も。

そんな様子を眺めていたら門の中に入る順番がきた。

「鉱山都市、バンダミナにようこそ」

「鉱山都市なのね。どんな鉱石が採れるの？」

「今はミスリルかな。他にも鉄をはじめとしたいろんな鉱石が出るよ」

「そうなのね。あと、従魔たちが一緒に泊まれる、おすすめの宿はある？」

「そうだなあ……」

門番におすすめの宿と場所を聞き、リコを引きながら町の中をゆっくり歩く。

鉱山都市だからなのか武器や防具を扱っている店が多く、冒険者や商人が店主らしき人と交渉しているのが見える。

途中に冒険者ギルドがあったので場所を覚えておき、宿を取ってから行ってみることに。

〈数日町に滞在する予定だけど、いい？〉

〈ノンはいいよー〉

〈俺も〉

〈あたしもいいわ〉

〈オレもいいよ〉

〈ありがとう〉

念話で従魔たちと会話すると、みんながいいと言ってくれた。やったね！

リュミエールからアクセサリーの普及を頼まれている以上、金属は必須。

リュミエールがどこまでの広がりを想定しているかはわからないけれど、場合によっては平民だけじゃなくて貴族が手にするかもしれない。

それを考えると、素材は普通の銀だけじゃなくプラチナも必要になると思う。ただし、この世界にプラチナがあればの話だが。

まあしばらく、主流の素材はミスリルになると思う。ちなみにアクセサリーはこの都市で作るつもりはない。作るにしても、落ち着けるところが決まってからね。

できれば自宅に自分の工房が欲しいし。

定住先は、いろいろと安定している国がいいかなあ。まあ、そこは旅をしながら決めよう。

一度行った場所ならば転移魔法が使えるから、あちこち旅をしたあとでもこれるしね。

そんなことを考えているうちに宿に着いた。門番に紹介されたことと従魔が四匹いること、数日滞在することを伝えると、空いていたのかすぐに部屋が取れた。とりあえず四日分の支払いをすると鍵を渡される。今回は一階だ。

「延泊はできる？」

「できます。その場合は、お早めにお知らせください」

「なるほど。ありがとう」

リコを一旦預け、冒険者ギルドに向かう。今回はピオとノンが一緒に来るみたい。エバはリコと一緒に留守番をしているそうだ。

冒険者ギルドに行って掲示板を探し、自分が受けられる依頼を探す。

すると、鉱山での採掘依頼があるではないか！

しかも同じ鉱山内の討伐《とうばつ》依頼もあるし、あわせて受けたらちょうどいいよね。必要数を採れば自分の分を確保してもよさそう。

そもそも鉱山には自由に入れるのか、依頼じゃないと入れないのか、それともお金を払えばいいのかもわからない。そのあたりは鉱山で働いている人に聞けばいい。もし自由に入れるなら、できるだけたくさん採掘したい。

アクセサリー作りの中のスキルに、なぜか採掘があるからね～。しかもカンストしているんだから、やろうと思えばランクの高い鉱石や珍しい鉱石も掘り出せると思う。

ただ、神鋼《しんこう》やオリハルコン、アダマンタイトといった、上位の鉱石が出た場合問題だけど。自分や従魔たちの防具にしてしまおう。

鍛冶《かじ》として剣や防具を打つことはできないが、防具と一緒に錬金すればいいだろうし。

そこは実験してからかな。

おそらく、【錬金術】やアクセサリー関連のカンストしているスキルなら、最高峰の神鋼《しんこう》も扱えると思うから。

よし、と気合いを入れ、明日また来たときにあったら依頼を受けようと決め、ギルドを出た。

帰りはちょっと寄り道をして、食材などの生活用品を扱っている通りを冷やかす。

調理器具で欲しいものがあるのだ。

あれば楽だけれど、なければ錬金術のごり押しで作ればいいやと気楽に探す。場合によっては職人を探して、作ってもらうのも手だよね。

できれば、先にこの世界に来たという転生者や転移者が伝えてくれていることを祈るが……

「……やっぱりないか」

〈何を探しているの？〉

「ミキサーやフードカッター、ミンサーよ。野菜や肉を細かくする魔道具ね」

〈そうなんだ〉

〈そんなものをどうするんだ？〉

「そうねえ……今までと違う肉料理が食べられるわ。包丁でやってもいいけど、道具だと簡単に作れるの」

〈〈なるほど～〉〉

どんな料理になるのかと、しきりに聞いてくるノンとピオ。宿に帰ってから詳しく話すと言って、今はそれ以上教えなかった。

行商人の露店や商会でスパイス類や調味料を買い足し、宿に戻る。

そのまま一度リコとエバの元へ行き話をする。

「そういえば、リコはピオやエバのように、小さくなれるスキルを持っている？」

〈あるが、どうした？〉

「ふふ。あるなら、一緒にダンジョンに行けるでしょう？」

〈〈〈〈なるほど！〉〉〉〉

〈リコだけ置いてけぼりは可哀想なのー〉

〈そうね。宿は仕方がないにしても、常にみんな一緒にいたいわ〉

〈そうだね。オレたち、従魔仲魔《なかま》だし〉

〈みんな……ありがとう！〉

リコをブラッシングしながらなんとなく聞いてみたけれど、あるんかい！　と内心で突っ込んだ。

もちろん、私も従魔たちの意見に賛成だ。リコだけ置いてけぼりは可哀想だし、できればみんなでレベルアップしたい。

そうと決まれば、鉱山での討伐《とうばつ》依頼を受けてみよう。ついでに採掘をしないと。採掘はリコに手伝ってもらえばいいかも。

リコをずっとブラッシングしていたら、ピオとエバもしてほしいというので、専用のブラシでしてあげる。それを羨ましそうにノンが見ていたから、ノンにもブラッシングした。

スライムなのに、どうして尻尾だけは猫のような毛があるんだ……。不思議な魔物だなあ、にゃんすらって。

やっぱり名前ににゃんこと付くから、毛があるんだろうか。つるぷよも尻尾もふもふも、とてもいい手触りだから、私としては満足だしどうでもいいんだけどね！　細けぇこたあいいんだよ！

晩ご飯の時間まで従魔たちと戯《たわむ》れたあと、晩ご飯を食べてから部屋に戻る。

部屋の窓からエバとピオがリコの傍に飛んでいく。ちょうどリコが見える位置にいたのだ。

ノンも窓から飛び出してリコの傍に行くと、四匹でなにやら話しているのか、楽しそうにしていた。

それを見ながら、自分のステータスと従魔たちのステータスを確かめる。

現在、私のレベルは百八十。これは私よりも強かったレッドベアやキングブラウンベア、シルバーウルフの群れや他の魔物を殲滅《せんめつ》した結果だろう。

それでも、レベル的にはＦランク冒険者と変わらないのだ。

ただし、同年代の子たちよりもレベルは各段に上だが。

そして、神獣なだけあって、私たちの中で一番強いのがノンだったりする。ノンのレベルはカンストどころかそれを超えていて、千二百。

リュミエール情報によると、カンストしたレベルを超えた者だけが神獣になるという。

人間の場合は、カンストしたあとはそれ以上レベルは上がらない。

だから、人間が神になったりすることもないという。

まあ、そんな人間の事情はともかく。

リコのレベルは三百と低いが、ピオとエバは五百八十と、かなり高い。

……私もせめて五百に到達するまで頑張ろうっと。


そんな決意を新たにした私は、知らない。

リュミエールの加護《かご》のおかげでレベルが上がりやすくなっており、のちのち呆気なく目標レベルどころかカンストを通り越し、超越者となって寿命が延びることを。


翌朝、朝食を食べたあと、リコも含めた従魔たちを連れてギルドに行く。朝だからなのか冒険者でごった返していた。

昨日見つけた依頼が残っているか確かめると、しっかりあった。

それを剥がしつつ他にもいい依頼がないか見たけれど、あとは森での討伐《とうばつ》だったのでやめておいた。

今回ここに滞在する目的は金属だからね。同じ鉱山内での討伐《とうばつ》はするけれど、わざわざ森に行ってまで討伐《とうばつ》するつもりはない。

「おはようございます」

「おはようございます。この依頼をお願い」

「かしこまりました」

タグと一緒に依頼票を渡す。受付嬢がタグのランクを見て驚いていたけれど、特になにも言われなかった。

「道具に関しては、ご自分で用意していただくか、鉱山にいる職員に話をすると貸与していただけます」

「もし自分で揃えるのであれば、どこで買えばいいかしら」

「左手に行った先にあるギルドの購買部で購入できますし、つるはしは外の鍛冶屋《かじや》、手袋などは道具屋でも購入できますよ」

タグを返してもらいつつ道具はどうすればいいか聞いたところ、そんな答えが返ってきた。まずはギルドの購買部で見てみようと行ったものの、あまりいいランクのものはなかった。

仕方なく外に出て近くにあった鍛冶屋《かじや》に行くと、剣や槍などの武器と防具に交じって、つるはしが売られていた。【鑑定】を駆使して一番ランクが高いものを三本買う。二本は予備だ。

鍛冶屋《かじ》を出たあとは屋台でお昼を買いつつ道具屋へと行き、手袋と防塵《ぼうじん》マスク、保護眼鏡を買う。

そのあとはギルドでもらった依頼場所が書かれている地図を確認した。私がじっと見ていたからなのか、私のマップに目的地が反映されてピンが刺さっていたので、マップを見ながらそこへ行く。

鉱山の入口と思われる建物へと入り、依頼で来たことを告げる。

入口にいたのは、髭ぼうぼうな人。いわゆるドワーフだ。ただし、私たちと同じような身長だったりする。

彼にタグを渡す。

「ほう、Aマイナスなのか。若いのに凄いのう」

「ありがとう。あ、そうだ。もし個人的に採掘がしたい場合は、どうしたらいいのかしら」

「その場合は料金が発生するのう。一日あたり銀貨五枚だ」

「なるほど……。依頼とは別に、採掘をしてもいいかしら」

「構わねえよ」

言われた通り銀貨五枚を支払い、タグと一緒に依頼用の麻袋をもらう。依頼の品を入れて、帰るときにこの窓口に提出するとすぐに査定してくれて、達成票を出してくれるとのこと。

その達成票をギルドに持っていくと、依頼票に書かれた報酬と、場合によっては上乗せがあるという。

「なるほどね」

「頑張って採掘してくれ」

もちろん、頑張りますとも。

今回、私が依頼として受けたのは洞窟《どうくつ》コウモリの討伐《とうばつ》と、ミスリルと鉄の採取、もしあれば宝石の原石も欲しいという内容だ。宝石の原石に関してはもし見つかれば、という但し書きがなされており、原石自体も滅多に出るものではないという。

そしてコウモリの討伐《とうばつ》は、三十四。討伐《とうばつ》証明部位は両翼だ。三十四より多く狩れば上乗せしてくれる。

「宝石が出る場合があるのね。それは個人的にも欲しいかも」

〈俺も頑張るよ、アリサ〉

〈ノンは討伐《とうばつ》するのー〉

〈あたしも討伐《とうばつ》するわ〉

〈オレも〉

「なら、討伐《とうばつ》はノンとピオとエバ、採掘はリコにお願いしてもいいかしら。私は依頼を達成するまでそっちを頑張って、時間があったら個人的な採掘をするから」

〈〈〈〈いいよ！〉〉〉〉

ということで、できるだけ鉱山の下のほうへと行く。下に行けば行くほど、ミスリルが採掘できる可能性が高まるからだ。

とはいえまずは鉄を先に採掘しようと、今いる場所から採掘のスキルを発動する。すると、すぐに白い光が点滅する場所があった。

「これなら大丈夫かしら。リコ、ここを【土魔法】で掘ってくれる？　ノンたちは、洞窟《どうくつ》コウモリが襲ってきたら倒してね」

《《《わかった》》》

それぞれがやることを決め、いざ採掘。

……の前に、私は眼鏡やマスク、手袋をして準備しないとね。それからリコとは少し離れた場所に行ってつるはしを振り下ろす。

ガツン、ガツンと音がして、小さな破片《はへん》が飛び散る。マスクと眼鏡があってよかった。どんどん掘ってある程度溜まったら、【鑑定】しながら麻袋に入れていく。その中のほとんどが鉄鉱石だった。

「うん、幸先いいかも。リコは……っと。うわ、さすが魔法、早い！」

ちらっとリコを見ると、魔法でガンガン掘っている。全体を切り崩すような形で掘り進めているみたい。

リコが掘ったものの中にキラキラ光るものがあったので、もしかして……と近づいて見てみると、なんと宝石の原石があった。しかも、紫色とピンクの水晶。

「おお、クウォーツもあるのね」

〈アリサ。凄いな、ここ。掘るのって面白い！〉

「面白いならよかったわ。ここはもうないみたいだから、次に移動しようか」

〈おう〉

私たちが採掘している間、ノンたちは護衛を兼ねて洞窟《どうくつ》コウモリを三体討伐《とうばつ》していた。ギルドから預かった討伐《とうばつ》用の麻袋をノンに渡す。

「ノン、討伐《とうばつ》したら両翼をこの中に入れてくれる？」

〈わかったのー！〉

「じゃあ、移動するわ」

〈〈〈〈はーい〉〉〉〉

元気に返事をした従魔たちにほっこりしつつ、奥のほうへと移動する。

途中で採掘している人とすれ違ったが、そこには鉄はないと教えてあげたかった。

今の私と同じくらいの年齢だったから、きっと経験がない子なんだろう。採掘は経験次第でスキルになるが、それまではひたすら掘るしかないのがこの世界だ。

そういう意味では、装飾品スキルの中に採掘があるのは、とてもラッキーだと思う。

依頼に関しては、鉄鉱石はあと半分もあれば依頼袋がいっぱいになる。とりあえず採掘している人がいなくなったらまたスキルを発動し、すぐにリコと一緒に掘る。

すると、今度は私のほうに水晶の原石が出た。

鉄鉱石は充分なので、さらに奥のほうへ、そして下のほうへと下りていくと、肌で感じるほど明らかに魔素《まそ》の濃度が変わったのがわかった。

魔素《まそ》とは自然の中にある、魔力の素みたいなものだ。ミスリルはこの魔素《まそ》の濃度が濃い場所から採掘できる。場合によっては宝石の原石も採れる。

このあたりは洞窟《どうくつ》コウモリとゴーレムがいるからなのか、採掘している人はいなかった。

「ゴーレムもいるのか……。先に討伐《とうばつ》する？」

《《《おー！》》》

「じゃあ、さくっと殺りますか」

ということで、全員で洞窟《どうくつ》コウモリ二十四とゴーレム十体をさくっと倒し、解体する。ゴーレムからはなぜかアダマンタイトが採れた。

「なんでやねん！」

〈魔法生物は、その場にある金属を使って体を作るからなのー〉

私が突っ込んだらノンが教えてくれた。

そうか、ゴーレムは魔物じゃなくて魔法生物。体の仕組みが違うんだった。

「なるほど。たまたまそこにあったから、ってことか」

〈うん。この場所なら、他にもミスリルゴーレムがいると思うのー。もしかしたら神鋼《しんこう》もなのー〉

「おおう……ミスリルはともかく、神鋼《しんこう》は厄介ね……。それが出たら教えてくれる？」

〈〈〈わかった！〉〉〉

「じゃあ、リコはここを採掘してね。この袋の中に入れてくれる？」

〈おう〉

リコと共に採掘を続ける。私が欲しいのはミスリルなので、しっかり掘りますとも。

スキルを駆使して採掘をすると、出てくるのはミスリルばかりになった。そこに混じってプラチナも出るんだから、異世界は不思議なことが多いなあ……と思う。

プラチナも私が必要としている金属なので個人で用意した袋の中に入れ、ミスリルは依頼袋の中に入れる。移動しつつ採掘していると、エメラルドやルビーの原石まで出はじめた。

おおう……なんか、原石が出る確率が高くない？　滅多に出ないいんじゃなかったんかーい！　と一人でノリ突っ込みしつつ、採掘をした。

そんな感じでお昼まで採掘した結果、依頼分は集まった。討伐《とうばつ》もバッチリ終わっている。

「結界を張って休憩して、夕方まで自分が使う分の採掘をしたいんだけど、いい？」

〈〈〈〈いいよ！〉〉〉〉

従魔たちから許可が出たので、少しひらけた場所に行って結界を張り、屋台で買ったお昼ご飯を取り出す。もちろん、従魔たちの分もある。

鉱山で火を焚《た》くようなことはしない。酸素がなくなったら困るからだ。

ダンジョンは魔力と空気の流れが違うらしく、中で火を焚いても問題ない、らしい。それなら、一度はダンジョンにも行ってみたいわね。

どんな魔物がいるのか興味があるし、宝箱もあるというしね。レベル上げをするにはもってこいの場所だそうなので、もし旅の途中で見つけたら潜ってみよう。

そんな話を従魔たちにもすると、みんなして《《《行きたい！》》》と言ったので、ここから一番近いダンジョンか、迷宮都市と呼ばれる場所にしばらく滞在してもいいね、なんて話をした。

さすがに迷宮都市に定住するつもりはないけどね。

お昼を食べたあとはまた採掘を開始する。できればもう少し依頼分の上乗せを増やしたいのと、宝石もあと一種類ほど欲しい。

自分で使う分もたくさん欲しいがそこは出たとこ勝負で、他国にも公開されている鉱山があるみたいだから、そこで採掘してもいいかもしれない。

そこからまたリコに手伝ってもらいながら採掘をして、たくさんのミスリルとプラチナを用意することができた。他にも、ほんの少しだけれど、金も出たことに驚く。

あれ？　金って単独で出るんじゃなかったっけ？　それとも、鉄鉱石とかと一緒だったっけ？

そのあたりの知識が乏しいからなんとも言えないが、ここは異世界だからと割り切り、無心になって掘った結果。

ミスリルは十キロは入る麻袋が五個、プラチナは三個、金は五キロ入る麻袋に一個分採掘できた。

そしてなぜかステンレスとアルミも出て、遠い目をしつつ、ここは異世界……ここは異世界……と自分に言い聞かせる。

宝石の原石は、いろんな色の水晶をはじめとして、エメラルドの緑と青にルビー、アクアマリンにオニキス、サファイヤの赤と緑と青、ダイヤモンドと琥珀《こはく》が採れた。

……もう、本当にどうなっているんだろう……。採れすぎでしょ！

〈きっと、リュミエールの加護《かご》のおかげなのー〉

ノンは嬉しそうに笑っている。

「そう、なの？」

〈そうね。あとノンがいるからだと思うわ〉

〈だな。ノンは神獣だし、見たら幸運が訪れると言われているからな〉

「そうなのね。ありがとう、リュミエール。ノンもありがとう」

リュミエールの加護《かご》のおかげなのか！

エバとリコから知らされたノンの幸運値の高さにも驚いた。まあ、悪いことじゃないからいいか！

あまり遅くなっても困るし、明日また採掘したいと話すと、従魔たちも頷いてくれた。

洞窟《どうくつ》コウモリとゴーレムを倒すのが楽しかったんだって。リコも採掘が楽しかったと言っている。

【土魔法】を戦闘以外であまり使ったことがないから、それが楽しかったらしい――獣人の村で壁を作るのに使ったように。

確かに魔法といえば攻撃に使うことが主流だと考えるんだろう。

だけど、使い方次第では、役に立つと思うんだよね。獣人たちに壁を作るのと土を掘り返すということを教えたときも、彼らは楽しそうに魔法を使っていたじゃないか。


発想の転換は大事よね。私は攻撃系の魔法が使えないから、余計にそう思うんだろうけれど。

採掘場から出て、建物に寄る。

朝もいたドワーフがいたので、彼に依頼分を渡し、査定してもらうことに。

「どれ。……ほう、よくここまで採掘したのう」

「【土魔法】が使える従魔がいるの。その子に手伝ってもらった結果ね」

「なるほどのう。依頼はミスリルと鉄、あれば宝石の原石だったのう。さすがに原石は……」

「あ、忘れてた。宝石の原石もいくつか掘り出したの。ほとんどが水晶なんだけど、それでもいい？」

「採れたのかよ！　ああ、水晶で充分だ」

渡し忘れていた原石が入った麻袋をカウンターに出す。袋から原石を出したドワーフは、ギョッとした顔をして私を見つめる。

まあ、水晶だけでもかなりの色があるからねー。他にルビーとサファイヤ、エメラルドなど、これだけいろいろ出てくれば驚くか。

「おい……！　よくこれだけのものが採掘できたのう……」

「にゃんすらがいたおかげかもね。この子が従魔になってくれてから、かなり運がいいの」

「おお、にゃんすら様！　こんなに間近で見たのは初めてだ！」

ありがたやありがたやと言ってノンを拝み始めるドワーフを慌てて止め、すぐに査定してもらう。

「これならかなり上乗せができるのう」

「え、本当に？」

「ああ。ミスリルも鉄も予想以上に多いし、宝石の原石もかなりあるからのう。ほら、これをギルドに持って行きな」

「ありがとう」

達成票と木札を手渡されて見ると、なんと、報酬は金貨五十枚になっていた。もともとは金貨三枚程度の依頼だったのだ、それがここまで跳ね上がるとは……なんて恐ろしい。

「今までの中で一番量が多かったのと、質がよかったからだのう。別のものが混じっていなかったっていうのもあるのう」

「そうなの？」

「ああ。大抵はどれが鉄とかミスリルとかがわからないまま、そのまま袋に入れて持ってくるからのう。だが、お前さんのはそういう混ざったものはひとつも入っていなかった。だからこそ、この値段になった」

なるほど。確かに依頼にないものは自分が使う麻袋の中に入れたり、そのまま放置してきたりしていた。もちろん、リコが採掘したやつも私が選別した。

さすが、カンストしたスキル様様だ。

「また機会があったら、依頼を受けてくれると助かるのう」

「旅をしている途中だから、ずっとは無理よ？　数日は滞在しているから、その間だけでよければ」

「それで構わない。ちーとばかしミスリルが不足していてのう……。大きな麻袋であと三つほどあれば、なんとかなるんだ」

「なるほど。またギルドに依頼が貼ってあれば、来ることにするわ」

「それでいい」

たぶん依頼を出すんだろうなあ……と若干遠い目をする。従魔たちが張り切っているし、ギルドに戻ってまた何かあれば依頼を受けよう。

建物から出るとそのままギルドに行って、討伐《とうばつ》部位と達成票、木札と一緒にタグを出す。討伐《とうばつ》を含めた報酬の総額は、金貨五十五枚だ。その報酬はすべてギルドに預けることにした。

そして掲示板を見ると、やはり同じ内容の依頼と、ミスリルだけを採掘する依頼が貼ってある。きっと、常設依頼なんだろう。

明日も依頼を受け、ついでに自分の分も確保しようと決めてギルドを出ると、宿に向かった。

「おかえりなさいませ。まもなく夕飯のお時間となりますが、どうなさいますか？」

「ただいま。そうね、汗を流したらすぐに伺うわ」

「かしこまりました」

丁寧な宿だなあ。まずは一旦部屋に行ってシャワーを浴び、着替える。洗濯はご飯を食べてからだ。

もしかしたら、前日に頼めばお昼のお弁当を用意してくれるのかしら。

そんなことを考えて食堂に行く。ご飯を持ってきた従業員に聞いてみると、前日に言えばお弁当を用意してくれるという。それならばと五人前お願いすると、部屋の鍵を見せてと言われたので素直に見せる。

すると、すぐにポケットからメモとペンを取りだし、書いていた。

「お弁当を五人前でよろしいですか？」

「ええ。従魔たちの分も入っているの」

「かしこまりました」

私一人なのに五人前を頼んだことをいぶかしんでいたから、従魔たちの分だと告げると納得していた。さすがに五人前は食べられないって。

ご飯は塩だけのステーキと少し硬いパン、野菜がたっぷり入ったコンソメスープだ。この世界の定番とはいえ、毎日塩味だけだと飽きてくる。

旅の間くらいはスパイスやハーブを使って、きちんと料理しようと決めた。

くそう、せめてこの世界に醤油と味噌があればなあ……。勿体《もったい》なくて使ってないのよね。

味噌の作り方なら祖母から教わったから作れるけれど、いくらリュミエールからすべての材料がそろっていると教えられているとはいえ、本当にこの世界に糀《こうじ》があるかわからない。それに、米や豆を探さないといけないし。

この大陸にあるかなあ……。あればいいが、なかったら別の大陸に行くのも手かなと考えつつ、ご飯を食べ終えた。

部屋に戻る前にリコをブラッシングして、部屋に帰ってからノンとピオ、エバもブラッシングする。ああ、一度でいいからピオかエバの羽毛に埋もれて寝てみたい。

そんなお願いをすると、二羽は快く引き受けてくれた。やったね！

明日も採掘するぞ！　と気合いを入れ、しっかり眠った。


翌朝、頼んでいたお弁当を受け取り、従魔たちを連れてギルドに行く。

今日もあるかと掲示板を見ると、しっかりあったよ、ミスリルを採掘する依頼が。他にも宝石の原石が欲しいという依頼や鉄鉱石オンリー、なんていうのもあった。

討伐《とうばつ》依頼はというと、洞窟《どうくつ》コウモリを三十から五十というものと、洞窟《どうくつ》コウモリとゴーレムがセットの討伐《とうばつ》、なんて依頼がある。

原石は出るかわからないから、もし採掘して出てきたら依頼を受けようと決め、今回はミスリルオンリーの採掘にする。

他の鉱石が出たら自分のものにするか、あのドワーフと交渉して買ってもらうのも手だと考える。

討伐《とうばつ》は洞窟《どうくつ》コウモリとゴーレムがセットになっているものにした。

受付で依頼票とタグを渡す。ゴーレムの討伐《とうばつ》証明の場所を聞くと、魔石で大丈夫だと言われた。

ちなみに今回ゴーレムも一緒に選んだのは、ちょっと試したいことがあるからだ。うまくいけば、一瞬で終わる可能性がある。まあ、実験してみないとわからないが。

誰かに絡まれるのも面倒なのでさっさとギルドをあとにすると、採掘場へと行く。

受付には昨日と同じドワーフがいて、私が来たことで期待したような視線を向けてきたので、依頼を受けたことを話す。

「おお、ありがとうのう！　今回も個人でも掘るのかの？」

「ええ」

「そうか」

昨日と同じように銀貨五枚を支払い、依頼用の麻袋を五枚受け取る。

「もっとあったほうがいいなら、たくさん採掘してくるけど」

「いいのかのう？　なら、あと三枚渡すから、ミスリルをたくさん頼む。それ以上は大丈夫だのう」

「わかったわ」

全部で八枚の大きな麻袋を受け取って、鉱山の中へと入る。

今回は鉄はいらないのでさっさと奥のほうへと移動する。昨日採掘した場所よりもさらに奥へと行く。同じ場所でもよかったんだけれど、その場所には先客がいたからだ。

下手に近くで採掘して宝石の原石なんて出ようものなら、コツを教えろだのと絡まれるのがわかりきっているからね。

まあ、その分奥に行けば行くほど、洞窟《どうくつ》コウモリとゴーレムがいるのだが。

それは私と従魔たちがいれば簡単に倒すことができるし、依頼達成もできてちょうどいい。そして確かめたいこともあるからと、採掘よりも先に戦闘をした。

「〝解体〟。おおぅ、呆気なかった……」

〈〈〈アリサ、すごーい！〉〉〉

「ありがとう」

リュミエールが染み込ませてくれた情報を改めて精査したんだけど、ゴーレムは魔法生物で、金属を食べたり集めたりしてその体を構築しているという。

だから、解体のスキルを使えば、簡単に倒せるんじゃないかと思ったのだ。

ちょっと触って一言呟くだけだからねー。だからこそ試してみたわけだが、結果はご覧の通り。

視線の先には、ゴーレムの核にもなっている魔石と、体を構築していたミスリル、目に嵌《はま》っていた紅い宝石――ルビーが綺麗に分かれている。

さすが異世界、なんでもアリだ。

討伐《とうばつ》部位である魔石は依頼の袋に入れ、他は私個人が持ち歩いている袋に入れる。完全にインゴットの状態になっているからね。

もしかしたら、窓口で話をすれば買い取ってくれるかもしれないけれど、私も数が必要だし自分でインゴットにしたときに失敗した場合を考慮して、しっかりと取っておくことにした。

「できるとわかれば、さっさとこの辺りの魔物を倒して、採掘をしようか」

《《《おー！　やったるでー！》》》

「ふふっ！　怪我に気をつけてね」

《《《はーい！》》》

元気よく返事をした従魔たちを可愛いく思い内心で悶《もだ》え、気持ちを切り替えてしっかり魔物を倒す。あっという間に魔物を殲滅《せんめつ》し、討伐《とうばつ》依頼数も揃った。

ゴーレムはルビーだけではなく、サファイアやペリドット、オニキスや翡翠《ひすい》など、とにかくいろんな宝石を落としてくれた。ちょっと加工するだけで使えるようなものだし、【鑑定】してもかなりいいランクの宝石だというのもわかった。

こういうのは貴族向けにアクセサリーを作るか、半分にしたりして庶民向けにするのもアリかもしれない。今から作るのが楽しみだ。

ゴーレムの体も、ミスリルをはじめとしてプラチナと金、神鋼《しんこう》とオリハルコン、ヒヒイロカネなど、出てはいけないものが出た。解体で一発だから、戦闘は楽だったが。

やることをやったあとは、ミスリルを採掘するだけだ。

採掘をしている間の護衛はノンとピオとエバにお願いし、リコと一緒に採掘をする。その途中でやっぱり宝石の原石が出たり、昨日よりも魔素《まそ》が濃い場所に来たからなのかヒヒイロカネやアダマンタイト、神鋼《しんこう》の鉱石に加え、イエローやピンク、ブルーやグリーンのダイヤモンドの原石が出たりして頭を抱えた。原石以外は錬成実験をしようと思う。

お腹がすいたので結界を張ってお弁当を全員で食べ、休憩を挟んだのちにまた採掘をする。ありがたいことに、リコが大活躍だった。

そのおかげもあり、大きな麻袋八個分と、私個人でも大きな麻袋五個分の採掘ができた。

もう、リコ&スキル様様です！

スキルがなかったら、絶対にここまで簡単に採掘なんてできなかった。そして私以上に速く採掘してくれたリコがいたからこそ、こんなに集まったのだ。

お礼に撫で回しちゃった！

数が必要だったのは錬金術でインゴットにする練習をするためにだ。

まあ、鉱山がここだけ、なんてことはないだろうから、この先の旅でまた鉱山都市を見つけたら、そのたびに採掘をして、今後のために溜め込んでおこう。

アイテムボックスがあるからこそ、できることだ。

そろそろ日暮れが迫ってくる時間だし、数も揃ったということで採掘を止め、出口に向かう。途中でゴーレムと洞窟《どうくつ》コウモリに襲われたけれど、ノンとピオとエバがさくっと倒してくれたので、私もさくっと解体した。

そして建物に着いた途端、ドワーフがすんごく期待した目で私たちを見たので、にっこりと笑い返す。

「約束の分量を採掘してきたわ」

「ほ、本当か!?」

「ええ。どこに出せばいいかしら」

「こっちに頼む」

カウンターの並びにある別の場所に案内され、そこにミスリルを八袋分並べる。おまけとばかりに原石をいくつか置くと、とても喜ばれた。

一袋ずつ丁寧に査定をしたドワーフは、喜色満面な顔をした。

「ありがとうのう！　これでしばらくは大丈夫だわい！」

「よかった！」

「これが報酬だ。ちぃとばかし上乗せした」

「え……いいの？」

「ああ。本当に不足していたからな、ミスリルは。これで当面は凌《しの》げる。報酬に関しては、俺たち全員が納得済みだ」

「そう……。それなら遠慮なくいただくわ。ありがとう」

「こちらこそ」

ドワーフとがっちり握手をして、達成票と一緒に木札をもらう。ちらりと木札を見ると、昨日の倍の金額になっていたので驚く。

さすがに上乗せしすぎではないかと聞いてみたところ、昨日の段階で在庫に少しだけ余剰分ができたし、もし今回本当に八袋分を持ってきたら確実にストックできるだろうと、判断したからだそうだ。

もちろん、そのすべてが昨日と同じように混じりけがない鉱石だったことも考慮されているという。

そして宝石の原石に関して使い道を聞いたところ、剣の装飾に使っているんだとか。剣の装飾に使うのに、どうしてアクセにしようと考えないんだ！　と突っ込みたかった。

そんな宝石の原石事情はともかく、建物から出るとすぐギルドに向かう。

そして達成票と討伐《とうばつ》部位をカウンターに出し、査定してもらった結果、白金貨一枚と金貨十枚というとてつもない高額になったので、全額預けた。

持っていたら碌《ろく》なことにならないしね。預けてしまえば、本人しか引き出せないんだから安全だ。

それに……さっきから、うしろから木札の金額を覗こうとしている、失礼な奴がいる。それは職員も目撃していたから、そのうち引きずられていくだろう……なーんて思っていた矢先に引きずられていった。

きっとオ・ハ・ナ・シがあるに違いない。

バカだなあ……人の木札を覗いてくるなんてマナー違反だ。お金が欲しいなら、自分ができる範囲内で稼げばいいのに。

まあ、自分で努力せず、如何《いか》にして楽にお金を稼ごうかと考えるような輩は、上のランクに上がることすらできないが。

それはともかく。

お金も鉱石も、そして原石もたくさん採れたから、明日は一日宿で休養しつつ錬金術の実験をして、明後日また旅に出よう。従魔たちにそう話すと、賛成してくれた。

そうと決まれば、適当な防具や剣を買って宿に戻る。

宿に戻るとリコをブラッシングし、そしておねだりされたのでピオとエバ、ノンもブラッシングする。一回お風呂にも入れてあげたいなあ……と思いつつ部屋に戻り、お風呂に入って汚れを落とした。

食堂でご飯を食べたあと、宿の従業員に明日は宿にいることを告げる。ついでに庭を借りてもいいか聞くと許可が出た。実験と練習は庭でやることにしよう。

部屋に戻ると荷物を整理し、明日使う分だけ素材を別の麻袋に入れておく。こうしておけば、個人で大量に採掘したと思われることはないと考えたから。

準備を整え、布団に潜り込む。疲れていたのか、あっという間に寝入った。

翌朝、よく寝た！　と思いっきり伸びをする。やっぱり疲れがあったのか、背骨がパキパキと音をたてた。

「よし。ノン、おはよう」

〈おはようなのー！〉

「ご飯を食べたら庭に行こう」

〈うん！〉

ピオとエバはリコのところで寝ると言っていたので、部屋にはいない。ご飯はきちんと宿で出してくれているから、私が用意する必要はない。

今日のご飯はオムレツとパン、スープ付き。それを綺麗に食べきり、庭を借りると告げてから移動する。

できれば誰にも見られない場所がいいからと、リコの近くに行くことにした。大型の従魔はリコしかいなかったから、他のお客さんが来ることもないだろうしね。午後になるとわからないから、できるだけ午前中に鉱石の実験を終えたいと考えたのだ。

原石や宝石は、部屋の中でもできるし。

まずは鉄鉱石で練習しようと、マジックバッグから小さな麻袋を出す。そこからひとつ鉱石を出し、手に持って錬成する。

錬成するのはインゴットにするためだ。

鉄鉱石が光ると、手の中には綺麗なインゴットがあった。

「おお、簡単にできたなあ。これって、どれくらいの量をいっぺんにインゴットにできるんだろう？」

今度は二個の鉱石をあわせて錬成すると、これもインゴットになった。ひとつの時よりも、少しだけ大きくなっている。

そこから三つ、四つと増やしていった結果、最大で五個まで一緒にインゴット化できた。それ以上となると錬成すらできなかったのだ。

これは鉄鉱石だけなのか、それともミスリルもなのか気になるところ。

ミスリルもインゴット化しようと、同じように数を増やしつつ実験してみた。すると、ミスリルも五個までならインゴット化できた。

「どの鉱石も同じ？　それとも、素材のランクが上がると減る？」

ぶつぶつと独り言を言いつつ、他の鉱石でもやってみた。

すると、上位金属のオリハルコンやアダマンタイト、神鋼《しんこう》でも、最大で五つまでしかインゴット

化できなかったのだ。

これは五つで確定だと自分で納得し、今度は宝石の原石を宝石化してみる。原石の大きさが様々だから、錬成された宝石一粒の大きさによっては数がたくさんできる可能性があるからだ。

宝石のサイズが小さければ、アクセサリーの原価を下げることができるかもしれない。

よし、と気合いを入れ直して水晶を宝石にしてみる。形はなにがいいか迷ったが、水晶は球形や六角形が一番力を発揮すると聞いたことがあるので、まずは直径一センチほどの球形にしてみる。

「おお～、ちゃんと球形になったよ……。しかも、真ん中に穴が空いてるし」

数珠《じゅず》になっている水晶をイメージしたからなのか、真ん中に穴が空いている水晶が二十個できた。小さな原石だったから、こんなものだろう。

「これなら、数珠《じゅず》というか腕輪として使えるわね。水晶なら御守りにもなるし」

そんなことを呟いたあと、全部マジックバッグにしまって立ち上がる。水晶はともかく、さすがにルビーやサファイアなどの原石を、人目がある場所で取り出すことはできない。

誰が見ているかわからないからね。私がなにをしているのか気になるんだろう……さっきから、たまに通りかかる宿の人の視線が背中に刺さっているし。

残りは旅の途中のテントの中でやることにしよう。宝石化は急ぐわけじゃないから。

立ち上がったあとはリコとピオ、エバとノンをブラッシングして、みんなと戯《たわむ》れる。いつの間にかお昼を過ぎていたから、屋台で買ってくることにした。

リコとエバ、ピオは留守番をしているというので、ノンだけを連れて歩く。ノンに気づいた人たちはこっそり拝んだり、「にゃんすら様だ！」と声を上げたり反応は様々だ。

さすが世界のアイドル、にゃんこスライム。どこに行っても人気者だった（笑）。

その後、パパッと串焼きやスープなど、従魔たちの分も含めた量を買って宿に戻り、みんなで食べたあと部屋にこもる。

窓からリコたちが見えたので声をかけた。

すると、それぞれの表現で自分をアピールしたりする従魔たち。それがとても可愛い！

よし、と気合いを入れて、残りのミスリル鉱石をどんどんインゴットにしていった。インゴットにしておけば、あとはなんとかなるしね。

アクセサリーはなにを作ろうか……とても悩む。まずはペンダント関連かなあ。それともピアスやイヤリングがいいか。

ただ、ピアスは穴がないとどうにもならないから、イヤリングだけにしよう。個人的にピアスを作って、もし気に入ったらピアッサーを錬成してもいいしね。

場合によっては装飾品になにかしらの付与を施して、冒険者に売ってもいいかもしれない。

それは定住先が見つかってからだね。技術を伝える職人も必要だし。

私が作って売っているだけだと、文化を広めるのに時間がかかってしまう。

ただし、女だからって見下して絡んでくるような冒険者や住民がいるような国には、売りたくない。

まあ、とはいえ結局は売ることになるんだろうけれど、そういった輩にはきっと宝の持ち腐れになる気がする。とりあえず、今は定住先を見つけなければ。

そうと決まれば、夕飯まですべてのミスリルをしっかりインゴット化しておく。あとは水晶を球形にしたり、六角柱にしたりした。

ガラスのビーズも作りたいが今は手元に砂がないから、途中に川か海、湖があったら採取しよう。できればそれぞれの宝石を入れる瓶や箱も作りたいところだけれど、旅に出てからにしよう。今は手元にある瓶の中にできた水晶を入れておく。

夕飯の時間までそんなことをして時間を潰し、しっかりと夕飯を食べたあと、明日宿を出ることを話す。

「お弁当をご用意できますが、いかがなさいますか？」

「なら、従魔たちの分も含めて、五人分お願いしてもいいかしら。私と同じもので構わないから」

「かしこまりました」

笑顔で請け負ってくれた従業員に、私も笑みで返す。よし、明日のお昼をゲットした！

部屋に戻るとお風呂に入ったり荷物を整理したりして明日に備え、さっさと眠りについた。

# 第七章　森でまったりキャンプ

翌朝。宿でお弁当をもらい、門を出る。リコに跨《また》るとすぐに街道を走り始める。

ずっと走っていなかったからなのか、とても楽しそうだ。村をひとつと休憩所をふたつ過ぎたあたりでようやく満足したのか、リコのスピードが落ちた。

〈楽しかった！〉

「それはよかった」

小さな草原もどきになっている場所に薬草が生えているとノンに言われ、足を止めるリコ。私も休憩したかったし、マップの確認もしたかったから、ちょうどいい。

近くには森や川もあるし、キャンプもできそう！

そう話したら、従魔たちが森で一泊したいと言うので頷いた。さっそくこの草原で薬草を摘むと言うノン。いつものように籠《かご》と瓶を渡すと、嬉しそうに飛び跳ねて持っていった。

ノンに渡した瓶だが、土で作ったからなのか、すりガラスみたいな半透明や透明と混じった斑《まだら》模様なんだよね。だから、もし川に砂があったら、透明な瓶を作る挑戦をしてみよう。

ついでに宝石も作ってしまうか〜、と自分の中で予定を立てる。

従魔たちはといえば、森で遊びたいと言っているし。つまり、狩りや採取がしたいってこと。許可を出すと、喜ぶ従魔たちにほっこり。

休憩も終え、のんびりと歩きながら川があるほうに向かって歩く。

草原もどきが終わるとすぐ林になり、今度はピオとエバが果物を見つけてくれた。ノンはキノコの採取をしている。

採取をしながら歩くこと一時間、川がある場所に着く。かなり水が澄んでいて、魚影も見えた。

夕飯は魚にしようと献立を決め、雨が降ってもいいように少し離れたところにある高台にテントを張り、竈《かまど》を設置する。

「ちょっと川を散策したら、好きに遊んできていいわよ」

〈〈〈〈やったー！〉〉〉〉

「まずは川が先だからね！」

〈〈〈〈はーい！〉〉〉〉

川の散策が先！　と念押しし、みんなで移動する。いい具合に砂もあるし、うまくやれば魚も捕れそう！

〈魚がいるのー。ノンは魚が食べたいの！〉

〈じゃあ、オレが捕ってくる〉

〈あたしも〉

「お願いしてもいい？　リコはここに深めの穴を掘って、川の水を引き込めるようにしてくれる？　エバ、ピオ。捕った魚はリコが掘った穴の中に入れてね」

〈〈〈はーい〉〉〉

「ノン、一緒に枯れ枝を集めようか」

〈うん！〉

それぞれにやってほしいことをお願いし、私も枯れ枝や葉っぱ、茎などを使って網や釣り竿を作る。釣れるかどうかわからないが、川自体はかなり幅があるし、中央は色が濃くなっているから、結構深そうに見えたのだ。

川にも魔物がいるから注意は必要だけれど、みんななら負けることはないだろう。

釣り針は縫い針を一本犠牲にして錬成し、糸も縫い糸を強化する。細い竹のような植物もあったからそれぞれに糸をくりつけ、葉っぱや抜け落ちていた鳥の羽と木を利用して浮きを作る。

それらを全部セットしたら餌となるワーム……はいないから、一角兎の肉を小さく切って針につけ、深いところに垂らしてみる。するとすぐに浮きが沈み、竿がぐいっと引っ張られた。

「よ……っと！　おお、立派だね！　見た目はマスというかシャケというか……」

大きさが三十センチほどで、なんとも微妙な形の魚。【鑑定】してみると、サケマスという名前だった。

シャケなの？　マスなの？　どっちも一緒か？

食べてみればわかるか～とリコが作ってくれた生簀《いけす》に放つと、また針に餌をくくりつけて竿を振る。すると、またすぐに同じ魚が引っ掛かった。

この川で魚釣りをする人がいないんだろう……入れ食い状態だ。

私が釣りをしているところより下流のほうでは、ピオとエバが足やクチバシを使って魚を捕っている。

「たくさん捕れたから、そろそろいいわ。ありがとう」

《《どういたしまして！》》

「ここからは自由行動よ。ただし、お昼ご飯を食べてから。暗くなってきたら戻ってきてね」

《《《《はーい！》》》》

元気に返事をした四匹はお昼を食べ、そのまま森の中へと入っていく。ノンには瓶と籠《かご》をたくさん預けてあるから、森の恵みを採取してくるだろう。

それを期待しつつ、私は砂を使って瓶を錬成する。

「〝瓶を錬成〟っと。おお、いい感じ！」

大きさは、梅干しを作れるくらいの大きさにしてみた。なかなかいい感じにできている。

それを皮切りに大小様々な瓶を作って、その中に球状の水晶を入れてみる。もちろん、色ごとに分けてね。

水晶に関しては、大小様々の大きさで、穴が空いていないものも作ったのだ。これはペンダントトップや指輪にするつもりだ。

色ごとに分けたとはいえ、その中でも薄いものや濃いものがあるから、これはこれでアクセサリーを作るのが楽しそう！

瓶を作ったあとは、砂を使ってビーズを作ってみることに。砂と葉っぱや原石の小さな欠片を一緒に錬成して、色が付けられないかと思ったのだ。

まずは、砂だけでも色が付けられるか実験です。

「〝黄色のビーズを錬成〟。お？　できたね……」

なんと、色を指定したらできてしまった。作れない色があるかもしれないからといろんな色を試してみたけれど、どれも作れてしまったのだ。

私のスキルはリュミエールが授けてくれたものだからなのか、それともカンストしているからなのか。そのあたりのことは私にはわからないが、少なくともアクセサリーを売る場合においては価格を下げられるということがわかっていればいい。

ここにはそんなに砂がないから実験程度に終わらせ、従魔たちが帰ってくるまでは原石を様々な大きさの宝石に変えた。カットに関しては見本として一個ずつ作り、お客さんに選んでもらうほうがいいだろう。

もちろん、バングルタイプの腕輪にも使えるような大きさのものも、指輪にも使える大きさのものもある。そこはお客さん次第だろう。まあ、本当に店を出すかどうかはわからないが。

そんなことをしているうちに薄暗くなってきた。

ちょうどいい具合に粘土質《ねんど》の土があったので、その土を使って土鍋をふたつ錬成する。米を見つけたとき用に、前もって作っておきたかったのだ。この先、粘土質《ねんど》の土があるとは限らないしね。

当然だが、土自体も麻袋に大量に入れたとも。

ご飯は結局ハンバーグを作ることに。包丁で叩くのは面倒だし時間がかかりすぎるので、ステンレスのインゴットを使い、ミンサーとフードプロセッサーを錬成する。

フードプロセッサーの動力は、一角兎の魔石を電池代わりにした。

もちろん、状態維持の【付与魔法】をかけて、壊れない・錆びないようにしている。ステンレスだから大丈夫だとは思うけれど、念のためだ。

さて、まずはオークの肉と一角兎の肉をミンサーでひき肉にし、フードプロセッサーでニンジンや玉ねぎをみじん切りにして、ハンバーグとスープを作る。

パンは町で買ったもので、見た目はロールパンだ。ロールパンも串焼きの肉も野菜もあるのに、どうして挟むという発想が出ないのか本当に不思議だ。

従魔たちの分は食べやすいよう、ミニハンバーグにした。もちろん、埃《はこり》が入らないよう結界を張ってから、ひき肉やハンバーグの種を作ったのは、言うまでもない。

スープのあくを取ったり火加減を気にしたりしながらフライパンでハンバーグを焼いていると、

従魔たちが帰ってくる。

《《《ただいまー！》》》

「おかえり！　もうじきご飯ができるから、ゆっくりしてて」

《《《はーい》》》

野菜も食べたいだろうからとサラダを用意して、できたものからよそっていく。そしてみんなの前に置くと、不思議そうな顔をしてハンバーグを見ている。

「ふふ。このお肉料理はハンバーグというの。この魔道具を使って肉を細かくし、柔らかくして焼いたものよ」

《《《おお～、なるほど～！》》》

「さあ、食べようか」

従魔たちに説明しながら目の前に置くと、全員でいただきます。

んー！　なかなか美味しいハンバーグとなった。肉汁が美味しい！

これならパンに挟んでも美味しいかもとレタスっぽい葉野菜と一緒に挟んで食べたら、すんごく美味しかった。

従魔たちも同じものが食べたいというので作ると、食べた途端に恍惚《こうこつ》とした表情になり目を輝かせ、一心不乱に食べ始めたのには笑ってしまった。

これからいろいろなサンドを作ってあげよう！

少々硬いとはいえパンがある以上、きっと強力粉や薄力粉があるはずだ。

いろいろなものを探しながら旅するのは本当に楽しい！

定住しても旅には出たいな。

【転移魔法】を使えば一瞬にして戻ってこられるんだから、なんの問題もないし。

そんなことを考えていると、従魔たちが楽しそうに笑みを浮かべ、感想を言いながらご飯を食べている姿が目に入る。みんな気に入ってくれたみたいで、食べ終わったあとは満足そうにしていた。

今日食べられなかった魚は明日の朝食べるつもりだと言えば、従魔たちは〈〈〈楽しみ！〉〉〉と言ってくれた。本当にいい子たちばかり。

ご飯を食べ終わったあとは、みんながなにを狩って来たのか成果を見せてくれた。

ノンは薬草とその種、キノコと野草。

リコはビッグホーンディアを三体と二角兎を三羽。

ピオはワイバーンという魔物を一体とロック鳥という魔物を三羽。

エバはロック鳥を五羽と果物を三種類。

おいおい……ワイバーンってなにさ。鉱山が近いとはいえ、本来ならばこんなところに出るような魔物じゃないぞ？　ワイバーンは山などに棲息しているから、草原に出てくることは滅多にないんだよね。

だから不思議に思ってピオに話を聞くと、どうやらノンを狙って私たちのあとをつけていた個体がいたそうで、鬱陶《うっとう》しくて倒したらしい。ははは……

まあ、ワイバーンは皮も有用だが、尻尾の先にある毒腺や牙、骨と肉、被膜と内臓の一部も有用と余すことなく使えるから、あとで解体するのが楽しみだ。

そしてロック鳥は肉が美味しいんだって。

おお、それは楽しみ！

果物は桃とバナナとさくらんぼ。この世界での名前は違うけれど、もう日本で呼んでいたときのままでいいやと、そのままにしている。味もそのままみたいだしね。

というか、季節や気候や気温を丸無視した果物のチョイスはなんなのだろうと小一時間ほど問い詰めたいが、こういうのは誰に聞いたらいいんだろう。やっぱりリュミエール？

他にも、野草は季節ではないのにコゴミやワラビ、タラの芽があったり、キノコもしいたけとエリンギ、しめじにまいたけ、ひらたけと松茸など、とにかくなんでこんなに採れるんだ！　っていうくらい、たくさん採取してきてくれた。

果物も、まだ他にもあったっていうんだから驚く。コゴミとワラビは灰を使ってあく抜きするしかないか。

〈アリサ、明日も森を散策したい〉

「もう一泊したいってこと？」

〈うん〉

〈あたしももう少し狩りをしたい！　レッドベアがいたのよ。帰ってくる時間だから狩ってこなかったの〉

〈俺もブラックバイソンを見た〉

〈オレは特に見なかったけど、ロック鳥をもうちょっと狩りたい〉

「おおう……」

レッドベアの毛皮と肉、内臓はギルドでも人気だし、ブラックバイソンなら牛肉っぽいお肉が確保できる。ちなみにモツ系や腸詰肉を食べるなら、オークかボアがいいらしい。

オークのほうが豚肉に近いようだけれど、最初の森で出会った以外は今のところ遭遇していない。

これから先に遭遇したら確保して、腸詰肉ができるか試してみよう。できればソーセージが食べたい！

まさかこれがフラグになったとは思わず、私は内心ではしゃいでいたのだった。

それはともかく。

「急ぐ旅でもないし、いいわよ。もう一泊しよう」

〈〈〈〈やったー！〉〉〉〉

「ただし、危険なことはしないように！」

〈〈〈〈はーい！〉〉〉〉

やったー！　と言ってはしゃぐ従魔たちに、これも旅の醍醐味《だいごみ》かと苦笑する。

ノンを含めて、従魔たちにはいろんな経験をしてほしい。

特にノンは一か所に留まっていた関係で、リコやピオやエバに比べると、思考や言動がとても幼いのだ。ひょっとすると年齢的にも幼いのかもしれないけれど。

まあ、今後いろいろな経験をしても、そのままのノンでいてほしいとも思う。

もちろんそれはリコにも言えることだ。

リコも悪い経験しかしていない関係で、ノンと同じように新しいことや戦闘、走ることを、とても楽しそうにやっている節《ふし》がある。きっと前の主人である冒険者はそういった経験をさせることなく、リコのことを移動手段としてしか考えていなかったんだろう。

確かにリコの一日の移動距離は凄まじいし、走るスピードも速い。でも、リコの価値はそれだけじゃない。優しくてかわいくてたくさんの魅力があるのだ。

私と旅をすることでとてもいい経験となっているんだろう……ここ最近、リコのレベルの上がりがとても早い。そして知能も上がってきている。

それは他の従魔たちにも言えることだが。

従魔たちの中で一番大人なのは、たぶんピオだ。そして次がエバ。なんだかんだ言っても二羽はとても面倒見がいいし、外で暮らしていた分経験が豊富なのか、ダメなことはダメだとしっかりノンやリコを叱ってくれる。

定住したら、彼らの巣を作ってあげよう。きっと可愛い雛が生まれる。雛を従魔にすることはないが、そこから巣立っていく子たちを見ることができるかもしれないから。

ただ、従魔にしたことで卵が産まれるかどうかが心配というのもあるが、多分大丈夫だろう。そうでないと種として滅びてしまうからね。

まあ、フレスベルグが従魔になるなんてことは滅多にないし、ある意味私がラッキーなだけだ。ノンがいたから怪我の治療ができたし、従魔にもなってくれたのだ、ピオとエバは。

そういう意味では、本当にノンは凄いと思うし、ノンを預けてくれたリュミエールに感謝だ。

別の国に行ったらリュミエールに会いに行こうと決め、結界を二重に張って眠りについた。


翌朝、みんなで捕った魚を焼くことにする。まずは内臓を取り除き、綺麗に洗う。

虫がいるわけでもなさそうだから、大丈夫だろう。まあ、海の魚じゃないから、さすがに生で食べようとは思わないが。

洗ったものはえらを取ってから串を打ち、それぞれのひれに塩をつけて竈《かまど》の近くに串を刺す。

捕った魚は全部で三十四だが、全部焼いてアイテムボックスに入れておくことにした。

そうしておけばいつでも食べられるからね。その都度焼くのも面倒だし、たくさん焼いたとしても時間が経過しないアイテムボックスと、同じ機能のマジックバッグがあるんだから。

魚を引っくり返しながら焼いている合間に、他にもパンにスープや卵焼きを用意したが、微妙に足りない気がする。どうしようか……と悩み、ノンが採取してきたキノコも焼くことにした。

かなりあったからね～、キノコが。いろんな種類を焼けばみんなも満足するだろうし、足りなければ魚をたくさん食べてもらおう。

もう一泊するんだから、みんなが狩りをしている間に釣りをしたり、宝石やビーズを作ったり、アクセサリーの試作をしたりしながらコゴミやワラビを処理しようと、今はなにもしていない。

朝食ができたころ、みんなが起きてきた。

「おはよう」

《《《おはよう》》》

「ご飯ができているから、食べようか」

従魔たちを促し、すぐにみんなの前に朝食を置く。魚はおかわりができるように竈《かまど》の近くに串を刺したままだし、キノコも網の上に置いたままにしている。

美味しそう！　とはしゃいだあとで、いただきますをして食べる従魔たち。

全員が食べ終わり、お腹が落ち着くまでまったりする。

そして昨日できなかったことをするために、従魔たちはそれぞれが行きたい場所に向かった。

四匹を見送ったあと、私は釣り竿を持って川の近くに移動し、砂を得るために上流に向かって歩いて行く。すると、キャンプをしたところよりも開けた、砂がたくさんある場所に出た。

「おお、ラッキー。これならたくさん瓶やビーズが作れる！」

できればビーズを優先して、様々な大きさのものを作ろう。ビーズの大きさが決まれば、その途中に入れる宝石の大きさも決められるしね。

アクセサリーも可能な限りビーズだけで作ったほうがいいかもしれない。水晶はともかく、ビーズに宝石を組み込むと、値段が高くなってしまうから。

ビーズだけなら庶民でも買えるし、場合によっては子どものおこづかいで買えるものも作れるはずだ。砂で作ったものならば元手はタダだから、値段はあってないようなものだしね。

定住先にも砂がたくさんあるところを選ぼう。

そんなことを考えていると、竿に当たりが来たので引き上げる。昨日よりも上流にいるからなのか、今朝食べた魚よりも大きいものが捕れてホクホクだ。

魚籠《びく》を川にひたし、周囲を石で囲って流されないようにすると、釣った魚をその中に入れる。大きめの魚籠《びく》にしたから、昨日のようにたくさん捕っても問題ないだろう。

まあ、昨日はピオとエバがいたから大漁になっただけであって、私一人なら高が知れているしね。

ルンルン気分で釣りをし、飽きたらビーズの作製をする。

そんなことをしていると、背後から殺気が飛んできた。魔物か、それとも盗賊か。

気づかないふりをしてそのまま釣りをしていたら、「ブモッ、ブモッ！」という興奮したような声が聞こえてきて、内心げんなりしてしまった。その声はオークのものだったからだ。

「あちゃー……昨日のがフラグになったか」

小さな声でそんなことを呟き、釣れた魚を魚籠《びく》に入れる。竿を一旦地面に置いてからバッグから槍を出すと、振り向きざまにオークを攻撃した。

「ブモーッ！」

「はいはい、私たちの食糧になってくれてありがとう、ってね」

うまい具合に首ちょんぱできたので、すぐに解体する。今回は腸が欲しいと思いながら解体したからなのか、いつもよりも細かくなっていた。

「へえ……。オークの腸って案外長いわね。これならソーセージが作れるかも！」

幸いにして肉はいろんな種類を持っている。日本の味に近づけるのであればオークと一角兎か二角兎を使えばいいし、胡椒や塩、ノンが採取してきたハーブがあるから、本格的なものでなくてよいなら作れるはずだ。

ロック鳥もあるしね！

家で作れるレシピを思い出してニンマリしながら、念のためマップを確認する。

すると、川を渡った一キロ先に、赤い点が三十ほどあった。どうやらオークが集落を作り始めたらしい。

「あれ以上の集落になると厄介だから、さっさと殲滅《せんめつ》しますか」

ゴブリン以上に凶悪で厄介らしいからね、オークは。この前のゴブリンの集落みたいに大規模になられても困る。

文句を呟きつつも釣り竿をバッグにしまい、魚籠《びく》を川から引き上げる。魚籠《びく》の蓋を閉め、一旦キャンプ地に戻ってからぴちぴちと跳ねる魚を生簀《いけす》に放ち、そこからオークの集落に出向いた。

私に気づいたオークが興奮しだし、それが伝染したように集落全体に広がっていく。オークは女性に反応するんだよね。幸いにして囚われている女たちはいないみたい。

これならさっさと殲滅《せんめつ》するかと、近くにいて襲ってきたオークから攻撃していく。

ブンッと音をさせて腕を振り下ろすオークに対し、槍の持ち手や石突を使って攻撃を躱《かわ》す。その勢いのまま首を狙って攻撃すれば、豆腐を切ったような軽い感じでオークの首が落ちる。

それを見たオークたちが怒りの声を上げて叫ぶ。

囲まれると面倒なので素早く動いて攪乱《かくらん》し、その都度オークの首を落とした。

できれば一番柔らかいお腹のあたりを攻撃したいところだが、今回は腸が必要だからこそ首か心臓を一突きしているのであって、肉が目的なら真っぷたつで充分だ。

オークをどんどん倒して、その数をどんどん減らしていく。途中で逃げようとしたオークもいたが、逃がしたらまた集落を作られてしまうので逃がすことなくしっかり倒していく。

そうこうするうちに残ったのは、ボスと思しきジェネラルオーク。

確か、ジェネラルオークって普通のオークよりも肉が美味しくて貴重なのよね。旅の途中の楽しみができたと、内心ホクホクする。

私がジェネラルオークを食材として見ていたことがわかったんだろう……なんと、目の前のジェネラルが怯えていた。それ故に無暗やたらに剣をふるうだけで、なんの脅威にもなっていなかった。

そんな攻撃は大振りになるから、躱《かわ》すのなんて簡単なわけで。

攻撃を躱《かわ》しつつ建物のほうへと追い詰め、大きく腕を上げて隙を見せたところで、首に槍の穂先を突き刺した。

「ブッ、グッ、ガッ！」

「おっと。さすがジェネラル、しぶといわね」

首を刺されたにもかかわらず、腕を振り下ろすジェネラルオーク。それを躱《かわ》して槍を振り、腕を斬り落とした。そしてその勢いのまま穂先を振るい、その首を落とす。

しばらくそのままの状態で待つと、すぐにオークは動かなくなった。

「ふう……。さて、小屋を解体する前に、先にオークたちを解体しますかね」

肉や内臓が傷んでも困るからとさっさと解体を始める。

オークは捨てるところがほとんどないから、ギルドに持っていけば、かなりいい値段になるはずだ。しかも、今回はジェネラルがいるからね。

肉と腸は手元に残しておこう。

レバーは食べていないが、きっと美味しいに違いない。ボア種のものと一緒に今度試してみよう。

もしかしたらギルドに肉が欲しいと言われるかもしれないけれど、インベントリになっているマジックバッグを持っていないと告げれば、欲しいと言われないだろう。

それにマップを見る限り、一番近い町までは、リコの足でも半日はかかる。半日もあれば普通のマジックバッグなら多少なりとも肉が傷み始めるから、途中で食べてしまったと言えば大丈夫だと思う。もしくは、他の町で売ったことにしてもいいし。

解体を終えたので小屋の中へと入る。お宝と呼べるようなものもなく、牢や地下牢もない。まだできたばかりだったのだろうと安堵し、外に出て小屋を解体する。

さて、ここからが問題だ。小屋を焼かないといけないんだが、【生活魔法】の火だけで、短時間で燃え尽きてくれるだろうか。

どうしようか……と悩んでいると、ピオが飛んできた。

〈アリサ、捜した！〉

「ごめん。オークを発見したから、集落になる前に潰していたの」

〈一人でなんて危険じゃないか！　誰か呼べばよかったのに！〉

「ごめんってば。みんなが楽しそうにしていたから、声をかけなかったのよ。ピオ、悪いけど、この小屋を燃やしてくれる？」

〈まったく……。わかった〉

ピオはがっつりと私を叱ったあと、溜息をつきつつも【火炎魔法】でしっかり小屋を燃やしてくれた。ありがたや～。

燃えカスは森の栄養になるからそのまま放置し、テントがあるところに戻ろうと移動を始める。

途中でエバ、そしてリコとノンにも出会って歩いたが、やっぱりみんなに《《心配した！》》とがっつり叱られましたとも。

たぶんまたやると思うけれど、今は言うまい。

テントがある場所に戻ってきたら、すぐにお昼を作る。みんな動いたからなのか肉が食べたいというので、ロック鳥のもも肉を使ったステーキにしてみた。

おお、これは鶏のもも肉に近い食感と味がする！　むしろロック鳥のほうが味も弾力もいい。この分なら、胸肉を使えば兎肉とはまた違った味のシチューやスープができそうだし、唐揚げを作るのも楽しみ！

従魔たちにも好評で、おかわりをしていた。

ご飯を食べたあとはまたみんなで自由行動。

私はワラビとコゴミの下処理をしつつ、これからソーセージを作るつもりでいる。

ノンが採取してきたセージと、以前買ったナツメグを使うことにする。他にも塩と砂糖、バジルとコショウなどを用意しておく。

今回作るのは三種類。豚肉に近いオーク肉だけ、オークと兎肉を半々にしたもの、ロック鳥だけと使う肉を変えるのだ。味付けもいろいろにしよう。

先にワラビとコゴミを灰で煮る。火加減は弱火だ。

それを放置しておいて、まずはミンサーを使って各種の肉をひき肉にし、大きなボウルの中に入れる。そこに調味料を入れて粘りが出るまで混ぜ合わせるんだが、面倒だからとフードプロセッサーを使った。あとはスパイス類などすべての材料を混ぜ合わせ、大量に作る。

オークの腸はたくさんあるからねー、なんの問題もない。

それから同じように鉄のインゴットでソーセージメーカーを作り、出口にオークの腸をはめていく。ちなみに日本にいた時は羊腸で作っていた。

オーク腸の手触りは羊腸に近いから、どんな味になるか、今から楽しみ！

まずはオーク肉&塩コショウだけの腸詰めを作る。

適度な長さになったら腸を捻《ひね》り、それを繰り返していく。六センチくらいの長さにしたから、食べにくいということはないと思う。

ひたすら作業していくと、種がなくなると同時に、腸一本分のソーセージができた。これなら腸一本に対して一種類の味になるから、混ざることもないかな？　それに、肉は見た目の色が違うから、間違うこともなさそう！

オークと塩コショウが終わったらソーセージメーカーを魔法で綺麗にし、オークとバジルが入ったもの、オークと兎肉半々の塩コショウとバジル、ロック鳥だけの塩コショウとバジルと、どんどん作っていく。

見た目だけなら問題ないけれど、味はどうだろうか。一本ずつ切り離してから一回茹《ゆ》で、その後フライパンで焼いてみる。

「ん～～～！　これは美味しい！　もっと作ろう！」

どれも日本にいたときに食べた、ソーセージやウィンナーに近い味のものができた！　これなら従魔たちも喜んでくれるだろう。

あとは太さや長さを変えてみてもいいかも！　ソーセージメーカーの追加のパーツはあとで作ればいいかと、アイテムボックスのほうに入れた。マジックバッグでもいいけれど、こっちは移動中に使うものが入っているからね。

どっちも時間停止のインベントリではあるが、できれば使い分けておきたかったのだ。

「よし、夕飯はソーセージを使ったポトフにしてみるか」

夏だから寒すぎるわけではないが、山が近いからなのか、昨日の夜は途中で毛布を出すくらい、思っていたよりも冷えたのだ。ポトフを飲んであったまろう。あとはソーセージ単体を焼いて出したり、パンとサラダがあればいいだろう。

腸詰め作業が終わったので、せっかくだからと鉄のインゴットを使ってノコギリなどの大工道具と、ノン用にナイフを錬成する。これまで使っていたものは土で作ったやつだからなのか、何回か使うと切れ味が悪くなってしまっていた。

鉄なら丈夫だろうと思って作ったら、かなりいい物ができてホクホクだ。

……試しに神鋼《しんこう》でも作ってみる？　と考えて作ってみた結果、錆びない・曲がらない・切れ味が落ちないという、とんでもないものができてしまった。

「あちゃー……。まあいっか。ナイフはともかく、他は私が使うものだし」

これならこれで重宝するし……と息を吐き、神鋼《しんこう》で作ったノコギリを使い、近くにあった倒木を適当な長さに切ってみる。まるでチェーンソーを使ったかのように、軽～く簡単に切れてしまって、乾いた笑いが出た。

「あはは……さすが最上級の鉱石、神鋼《しんこう》だわ。うん、速くていいね！　よし、これをこうして、こうして……」

ぶつぶつ言いながら同じ長さのものや短いもの、長いものなど様々な長さの木材を用意して、積み上げる。倒木から作るよりも、木材から作ったほうが、いいベッドが出来上がる気がしたからだ。

「よし。〝クイーンサイズのベッドを錬成、状態維持を付与〟っと。おお、いい感じ！」

クイーンサイズのベッドなら、もし従魔たちが一緒に寝たいと言っても全員が乗れると思ったんだよね。そして出来上がったのを見て、満足する。

うん、とても丈夫で大きなベッドができましたとも。もちろん、ヘッドのところにはちょっとしたものが置けるようになっているし、小さな引き出しも付けた。

そしてベッドの下は引き出し付きだから、その中に服を入れておくこともできる。

旅が終わったらこれを寝室に入れればいいだろう。もしくはもっといい木材があるなら、それで新たに作ればいいし。なんだっけ……トレントとかエルダートレントとか、そういう魔物由来の木材。

含まれている魔素《まそ》の量が山や森にある木材よりも多いからなのか、普通の木材よりもいいものが出来上がると、リュミエールの知識が教えてくれる。定住したら、魔物由来の木材を探してみよう。もしくは旅の途中でもいいしね。作りたいのはベッドだけじゃないし。

あとは布団やマットレスだが、またまた綿を買うのを忘れていた。森にないかなあ？　ちょっと散策してみるか、と森の中に入っていく。

すると、綿に似たものが生えている植物があった。【鑑定】してみると、しっかりと『綿花』と出ているし、私が見たことがあるものよりも倍の大きさがある。

しかも、種まである。

おお、これなら【緑の手】で増やして、布団が作れる！　ただ、手持ちの布で足りるかなあと心配になる。大量に買ったとはいえ、掛布団と敷き布団、枕もとなると足りないんだよなあ。

いっそのこと、そこらへんにある植物でできないか、試しにやってみることに。

「〝布を錬成〟っと。うーん……この手触りは、麻に近いなあ……」

麻に近い手触りの布ができたけれど、大きさはスカート一着分くらいしかない。これでは布団にならない。この手触りだったら、他の素材のほうがいいかもしれないなあ。

結局、十袋分の綿を採取して拠点に戻ると、そのうちの一袋を使って布を錬成し、さらにその布で布団の上下と枕を作った。重量軽減と状態維持の魔法をかけたから、軽いし汚れたり破けたりということもない。

できればスパイダーシルクなどの良い素材でも作りたいからね～。それは手に入ったら作ろう。

せっかくだからスパイダーシルクのほうは、羽毛布団にしたい。どこかにダウンかフェザーを落とす魔物はいないかな？

ダウンやフェザーを落とす魔物と考えながら知識を精査すると、ロック鳥をはじめとした鳥系の魔物の情報が出てきた。しかも、ダンジョン産のほうがランクが高いらしい。

本当にリュミエールに感謝だよね。こうやって考えるだけで関連する知識が出てくるんだもの。

「よし、そのうちダンジョンに潜ってみよう。スパイダーシルクも、ダンジョン産のほうがランクが高いみたいだし」

次の目標が決まったことで気合いを入れ直し、今度はマットレスを作る。マットレスの布は町で買ったものを使うことにして、神鋼《しんこう》のインゴットを使ってバネというか、スプリングをたくさん作ろう。

もちろん、壊れないように状態維持を付与している。まあ、神鋼《しんこう》だからもともと壊れるということもないが、念のためだ。

あとは綿と布、作ったスプリングを使って錬成すれば、マットレスの完成だ。

細けぇ構造なんざ気にしなくていいんだよ、私が気持ちよく眠れれば。それに、売り物にするわけじゃないし。

できたものを一旦バッグにしまい、テントに入る。一番奥にベッドを設置すると、マットレスと布団、枕もセットした。

うん、ここだけを見れば、立派な寝室だ。これで今日からふかふかな布団の中で、安眠できる！

ベッドもできたことだし、今のうちに燻製窯《くんせい》を作っておこう。

ベーコンやチーズの燻製《くんせい》も欲しいし、くんたまもしたい。そのためには、香りのいい木を探してからがいいかも。

木はなにがいいかねぇ？　日本にいたときは、桜やリンゴ、ヒッコリーとナラを使い分けて燻製《くんせい》を作っていた。この世界だと、リンゴとヒッコリーがいいかも。

しっかりヒッコリーがあるからね、この世界には。

桜があればいいが、今のところ見ていない。途中で見つけたら、倒木をいただいてチップにしてしまおう。もちろん、若木があれば、苗木としてもいただきますとも。

桜切るバカ、梅切らぬバカ、ってね。

ベーコンにするにも、オークのバラ肉と塩などの材料はあっても、スモークにするチップがないからね……とりあえず保留かな。このあたりなら、ヒッコリーかナラくらいならありそうだけれど……さて、見つかるかな？

また散策に出て近くを探してみた限り、それらしい木はなかったので諦める。

旅の途中で見つかるといいなあ。

だいぶ日が傾いてきたから燻製窯《くんせい》をアイテムボックスにしまい、そろそろ夕飯の支度をする。従魔たちが帰ってくるからね。ワラビとコゴミも、何回もあく抜きをしたからいい感じになっている。

これは今すぐ食べる食材ではないので、アイテムボックスのほうにしまっておいた。

ちゃっちゃとソーセージを出し、一旦茹《ゆ》でる。それを斜め半分に切ってポトフの中に入れた。今回入れたのは、オーソドックスにオーク肉だけの塩コショウにしてみた。

その代わり、焼くのは他のものだ。味見程度だから、一人と一匹二本まで。

サラダを作ったりパンを温めたりしていると従魔たちが帰って来たので、さっさと結界を張る。

《《《ただいま！》》》

「おかえり。もうじきご飯だよ」

《《《やったー！》》》

はしゃいだあとは竈《かまど》の周りに集まって、わくわくしながらおとなしく待つ従魔たち。

こういうところが可愛いんだよ、うちの子たちは！

深皿にポトフを盛り、パンとサラダ、ソーセージをみんなの前に置く。足りなければ魚を食べるように話し、みんなでいただきます！

それぞれが美味しそうに頬張って、楽しそうに感想を言い合いながら食べている。初めて食べたポトフもソーセージも気に入ってくれたようで、また食べたいと言ってくれた。

よし、そのうちまた出そうじゃないか。そしてオークを見つけたら腸をたくさん保存しておこうと決めた、従魔バカなわたしであった。

ご飯を食べたあとは、彼らの成果を見せてもらう。

ノンは昨日と同様に薬草と野草、キノコと木の実。

リコはビッグホーンディアを三体とブラックバイソンを五体。

ピオはロック鳥を十羽。

エバはレッドベアを二体とフォレストウルフを十体。

それぞれが私の前に出し、胸を張っている。

「今日も大漁だったね。これなら、しばらくお肉は必要ないかな」

《《《えぇ～！　狩りをしたい！》》》

「狩ってもいいけど、全部ギルド行きってこと」

《《《それならいいよ！》》》

いいのかよ。オークもたくさんあるから、当分は必要ない。

ロック鳥とブラックバイソンはできるだけ細かな部位になるよう考えながら解体したら、しっかりと部位分けがされていた。まあ、いつものことだが、有能すぎるスキルだ。

特に、ダウンとフェザーがあったのはラッキーだけれど……

「確かに、情報通り、ランクがちょっと低いなあ……」

ランク自体はCという、外にいる魔物としてはかなりいいものだ。けれど、ダンジョン産のものはAやSランクだっていうんだから、どうせならそっちを狙いたい。

やっぱり、どこかでダンジョンに潜ってみるか……と決めた。従魔たちがなんと言うかわからないが、反対はしないと思う。

とりあえず解体したものをバッグにしまい、結界を二重に張ってからテントの中に入る。ベッドと布団を見てびっくりした従魔たちだけれど、案の定一緒に寝たいと言ってきた。

「先に綺麗にするから待ってね」

《《《《はーい》》》》

ノン以外には小さくなってもらい、全員を魔法で綺麗にする。お風呂に入ってもいいが、さすがに今日は疲れている。

せっかくテントについているのに勿体《もったい》ないなあとは思うけれど、宿に泊まったばかりだからそれほど埃だらけになっていないというのもあるし、魔法一発で綺麗になってしまうという、元の世界からは考えられないような便利さがあるから。

それはともかく。

ベッドに乗った従魔たちは、そのふかふかな布団に驚いたのか、固まっている。そしてすぐにもふーん！　と寝っ転がった。

《《《《ふわふわー！》》》》

「でしょう？　今は綿というものを使っているけど、これはロック鳥など、鳥の羽毛で作ることができるの」

〈そうなのか？　なら、もっと狩ってくればよかったな〉

「それだと生態系が崩れるからダメよ。やるならダンジョンのほうがいいわ」

〈ダンジョンなら、一日たてば湧くからな〉

「そうなの？　リコ」

〈前の主人がそう言っていた〉

「なるほどね」

リコの前の主人は冒険者だからね。今ごろどうなっているのか気になるところだが……リュミエールに会うことができたら、聞いてみよう。その内容次第ではあるが、リコがザマアと思ってくれればそれでいいと思う。

「じゃあ、どこかでダンジョンがあったら、潜ってみる？」

〈〈〈潜りたい！〉〉〉

「いいよ。できればスパイダーシルクも欲しいから、そのふたつが出るダンジョンに潜ってみようか」

〈〈〈やったー！〉〉〉

ベッドの上で喜ぶ従魔たち。私も含め、誰もダンジョンに入ったことはないからね～、気になってしょうがないんだろう。それは私にも言えることだが。

私の周りに集まり、従魔たちは話をしている。明日はこの森から移動するから、それも楽しみではあるんだろう。

私としては、森を出る前に、ノンが持って帰って来た木の実があった場所に案内してもらいたい。なんと、ノンが持ってきたのはくるみだったんだから。

くるみがあればパンも焼けるし、お菓子にもなる。もし倒木があるなら、それをチップにするために、確保しておきたい。

「ノン、今日持って帰ってきた木の実があった場所を覚えている？」

〈うん。どうしたの？〉

「その実がなっていた木の倒木があれば、欲しいの。新しい料理のためにね」

〈〈〈〈新しい料理⁉〉〉〉〉

「そう。その実がなっている木があれば、作れるよ。ただし、かなり時間がかかるから、明日すぐってわけにはいかないけどね」

〈わかったのー。そういうことなら、明日案内するのー〉

「頼むね」

ノンが覚えていてくれてよかった！　もし他になければ、転移してまたこの森にくればいいし。そのためにはマップをしっかり覚えておくしかないんだけれど……鉱山都市にて自動でピンが打てたように、自分でピンが打てればいいなあ。明日、試してみよう。

ついでにマップを出して周辺国を見てみる。このまま東に向かうとちょうど山裾を迂回《うかい》することができる。その先は三叉路になっていて、南と北に分かれていた。南に行けば海に出るようだ。

「海か……。新鮮な魚介類が欲しいし、行ってみますか」

〈うみってなーに？　アリサ〉

私の言葉に、ノンが反応する。もちろん、他の従魔たちも。

そうか、ノンたちは海すらも見たことがないのか……。この国は内陸にあるから、仕方がないのかもしれない。

「そうね……しょっぱい水がある、とーっても大きな湖かな。世界中が繋がっているの。あと、川にいるものとは違う魚や貝がいるよ」

〈〈〈おおお！　食べてみたい！〉〉〉

「なら、次の目標は海がある国にしよう」

〈〈〈〈やった！〉〉〉〉

喜び勇み、早く行ってみたいと言う従魔たちを落ち着かせ、明日に備えて寝るように促す。明日から海を目指す旅が始まるからね～。

リコの脚力で、推定一週間。従魔たち――特にノンのために、できるだけのんびり世界を回りたいね。それも旅の醍醐味《だいごみ》か……と思いつつ、私もすぐに眠りについた。

# エピローグ　旅は道連れ世は情け

翌朝、しっかりご飯を食べて旅の準備をする。

生簀《いけす》にしていた地面は、リコに元に戻してもらった。

「よし。じゃあ行こうか。ノン、お願いね」

〈はーい！〉

ノンが見つけたヒッコリーの場所まで案内してもらう。二日間かけて従魔たちが狩りをしたからなのか、魔物に遭遇して襲われるということもなかったし、三十分ほど歩くと着いた。

「おお、たくさんあるね！」

〈でしょー？　もっといるー？〉

「ええ。拾ってくれる？」

〈うん！〉

ノンに採取を任せ、私は倒木を探す。といっても倒木はあまりなく、かなりの数のヒッコリーがひしめきあっていて、中にはそのまま枯れてしまっているのもあった。

その枯れたものやほぼ枯れているものをチップにすればいいかと、リコにお願いして土を柔らかくしてもらい、その木を神鋼《しんこう》で作ったノコギリで小さく切り、アイテムボックスの中にしまう。

なんだかんだと十五本くらいあった。若木もあったのでそれを植木鉢に移し替えてアイテムボックスの中にしまい、森の外に向かって歩き始める。若木は定住したら植えるつもりだ。

途中にナラの木もあったから、それも枯れているものやほぼ枯れているものを中心に採取し、若木は植木鉢に。

そしてなんと、森を出る途中に、桜の木まで見つけてしまったのだ。

「……さすが異世界、違和感だらけ」

どうしてこんなところに桜の木があるのか、リュミエールを小一時間ほど問い詰めたい。まあ、木々を見る限り植生はバラバラだし、日本の気候や里山に似ているところがあるから、自然に生えているものなんだろう。

ヒッコリーやナラと同じように桜の木も枯れているものを中心に伐採し、全部細かくする。そしてこれも若木があったので、植木鉢に入れた。

もしまた必要になったら採取しに来ようと思って、何気なくマップを触ったら。

「……ピン止めができたんだが」

某マップのように、今いるところにピンが刺さった。しかも、私がまた来ようと思っていたヒッコリーとナラの木があったところにも。

……本っ当に、どうなってるの、このマップ！

確かにピンが刺さってたら転移が楽だろうけど！

これ、ピンが刺さっているところを触って転移したら、飛べるとか言わないだろうな……？

やりそう！　リュミエールなら、そういう機能にしてそう！

さすがにそういう実験を今やるつもりはないが、リュミエールからいただいた無駄にチートなマップ機能に呆れつつ、助かるなあと感謝する。

問題は、距離に関係なく一定の魔力で転移できるのか、長くなるほど魔力を使うのかといったところだが、そこはちょっとずつ実験するか、リュミエールに会ったときに聞くしかないだろう。

今考えても仕方ないか～と溜息をつき、森から出ると、すぐリコに跨《また》がる。

「リコ、ここから三日ほど走ったところに、三叉路があるの。そこに着いたら南に行ってくれる？」

〈わかった〉

『よし。みんな、準備はいいかな？』

《《《大丈夫！》》》

『では、しゅっぱーつ！』

合図をすると、リコはゆっくりと走り出す。森の中でたくさん狩りをした遊《ん》し《だ》、満足したんだろう。

いつものように、凄いスピードに乗って走るということをしていない。

まあ、それでも他の馬よりも速いんだけどね！

最初の休憩所で休憩しようとしたけれど、珍しくいっぱいだったので通り過ぎ、開けた場所で水分補給と休憩。

それからまた走り始めてちょうどお昼ごろ、数台の馬車が停まっている休憩所に着く。

隊商《キャラバン》なのか、護衛の他に商人の恰好をした人がいたり、女性や子どもたちが楽しそうにご飯を食べていたりしたから、これなら大丈夫だろう。

簡単に乾燥野菜たっぷりのスープを作りながらパンを温め、おかずをハンバーグにしようと思ったがやめた。リコ以外の従魔たちの種族が珍しいからなのか、商人たちが従魔たちを気にしながら、ちらちらとこっちを見ているのだ。

そんなところで、珍しい料理なんざ出したくない。仕方ないかと、焼いていない魚と二角兎の肉を出し、串焼きにする。向こうも串焼きにしていたからね～。これなら珍しい食事でもないから、あれこれ聞かれなくてすむ。

従魔たちと話しているうちに焼けたので、串から肉を外して従魔たちの前に置く。パンも食べやすい大きさに切って、そろっていただきますをして食べる。

これからどれくらいのスピードで走りたいとか、たまには空の旅もしてみたいとか話している従魔たちに、空の旅もいいね、と思う。そのためには、ノンとリコが乗るための籠《かご》か箱をピオかエバにくくりつけないといけない。

まあ、試すにしても、魚介類を仕入れてからかな？　私も一度は風を感じて空を飛んでみたいしね。……たぶん上空は寒いだろうから、コートを作らないといけないだろうけれど。

シルバーウルフか別の魔物の毛皮で作ればいいし、もしダンジョンでロック鳥の羽毛がたくさん出たら、布団と一緒にコートを作ってもいい。どんどん目標ができてくるなあ。

まあ、その中で従魔たちが楽しんでくれればそれに越したことはない。

もちろん私も楽しむよ！

料理を堪能してまったりしていると、うしろから視線を感じた。そっちを見ると、子どもたちに交じって商人がじーっと見ている。バッチリ目が合ったからなのか、商人が二人、近づいてくる。

「あ、あの……」

「はい？」

「その黒いスライムは、にゃんすら様ですか？」

「ええ。私の従魔なんです」

「「なんと！」」

『あ、あの！　子どもたちと拝ませていただいてもいいでしょうか！』

『え、ええ。この子がいいと言えば。どうかな？』

〈いいよ～〉

「「おおお……。ありがたや！」」

商人は、ノンに快諾されて嬉しそうに微笑み、子どもたちを呼んでいる。子どもたちも嬉しそうに笑みを浮かべ、走って来た。

「にゃんすらさま！」

「こんなに近くでは、初めてみた！」

「可愛い！」

〈怪我はしてない？　大丈夫なのー？〉

「「大丈夫！」」

ニコニコと、子どもたちに愛嬌《あいきょう》を振り撒くノン。一緒になっておしゃべりをしている子どもたちも楽しそうで、なにより。

それは商人たちも同じだったようで、ホッとしたような顔をしていた。

「ありがとうございます。最近、つまらないとずっと塞いでおりまして」

「ここでにゃんすら様に出会えたのは、我らにも子どもたちにとっても僥倖《ぎょうこう》です」

「それはよかったわ。暇そうにしているのなら、遊び道具はないの？」

「そういうのはないのが現状なのです」

「そう……」

町でもおもちゃを見ないなと思っていたけれど、やっぱりないのか。

せっかくだから、とある遊び道具を作ることに。

バッグに入っていた木と糸、蔓《つる》を用意。

「〝けん玉を錬成〟っと。うん、これなら大丈夫かな？」

「おお、貴女は錬金術師でいらしたのですね」

「ええ。もちろん、冒険者でもあるけどね」

「なるほど」

「それで、その……それは？」

「けん玉という、私の故郷に伝わる遊びのひとつなの。こうして遊ぶのよ」

十字になっているけん玉の受けは日本にあるような形ではなく、簡単に作れるように木の棒を十字に組んだだけの状態にしてある。

コンコンと乾いた木の音がするたびに、左右や底にある受け皿に止まるけん玉。最後は先端の尖った部分に入れると、いつのまにか見ていた子どもたちから拍手をもらった。

「お姉ちゃん、凄い！」

「どうやって遊ぶの？」

「遊び方を教える前に、必ずにゃんすらの前で約束してほしいことがあるの。それが約束できるなら、教えてあげる」

「「約束する！」」

「いいわ、それなら教えてあげる。そちらの大人の方もどう？」

「「ええ」」

その場にいた全員が頷いたので、まずは注意事項。

必ず広いところで遊ぶこと。馬車の中では遊ばないこと。尖った部分があって危ないし、玉も当たると痛いから、振り回さないこと。

それらを約束させ、全員に持たせ、遊びを教える。

最初はうまくできなかったけれど、子ども故に順応力が高く、すぐに遊び方を覚えた。他にも、リズムに合わせて底と横をいったりきたりする遊び方も教え、私も木の棒でリズムをつけ、この世界にある歌を歌いながら合わせてけん玉を動かしてみる。

途中で玉が落ちる子ばかりだったけれど、楽しかったようだ。

「「「お姉ちゃん、ありがとう！」」」

「どういたしまして。これは見本として、どうぞ。持っていって」

「よろしいのですか？」

「ええ。できれば、そのまま広めてほしいわね」

「「ありがとうございます！」」

ここで改めてお互いに名前を名乗る。もし利権が発生するようならその分を振り込むと言った商人たち。そんなつもりではなかったが、商人としては、きっと善良な人たちなんだろう。

普通なら、そんなことを言わずに全部自分の懐に入れるだろうから。

彼らも海がある町に行くと言っていたので、途中まで一緒に行くことになった。途中の町にある商業ギルドに寄り、そこでけん玉のアイデアを登録してほしいと言われたのだ。

そうすれば、利権などのあらゆる権利で発生したお金が、私の口座に振り込まれるからと。

『わかったわ。じゃあ、その町まで一緒に行きましょう」

『「ありがとうございます！」」

なんか、人と自ら関わるって珍しいよなあ、私。

ノンのためだからいいかと、ノンも一緒になってけん玉で遊ぶ様子を見ていた。

で、隊商《キャラバン》に合わせてゆっくり移動すること、二時間。夕方になる直前に町に着く。それなりに賑わっている町だと、商人が教えてくれた。

彼らと一緒に商業ギルドへ向かう。五分も歩くと、すぐにギルドに着いた。

商人にギルド職員を紹介され、個室に通される。まずは商人が話をしてくれて、けん玉を見せると、ギルド職員は驚いた顔をした。

『このような遊び道具があるのですね」

『私の故郷のもので、けん玉というの。こちらには伝わっていないの？」

『ええ。初めて見ます」

「そう……。まあ、仕方ないか。私の故郷は、とてもとても遠くて、山の中にあったから」

「左様でございますか」

うん、嘘だけど。異世界のものです、と言って信じてもらえるわけがないし、私も異世界の記憶を持っていると話すことはない。

まずは実演し、どんな遊びなのか教える。そして子どもたちと同じ注意をして、室内で遊ぶ場合は周囲に何もない状態か、かなり広い場所で遊ぶように付け加えると、納得していた。

紐がついているとはいえ、玉が動くからね。それが当たってケガをしたり壊れたりしてしまったら、元も子もない。

その説明をしたうえで、商人たちがけん玉のアイデアを登録したいと告げた。いわゆる特許のような仕組みで、私の名前で登録したのちに、そのレシピを誰でも買えるようにするという形で、世界中に広めることができるんだとか。

やっぱりあったか、この世界にも特許が。

「でしたら、やはりアリサ様には、商業ギルドに登録していただいたほうがいいですね。身分証はお持ちでございますか？」

「冒険者ギルドのタグでよければ」

「そちらで大丈夫です」

タグで大丈夫だというので職員に預けると、ギョッとされた。たぶん、年齢が成人したばかりなのに、すでにＡマイナスランクということに驚いているんだろう。

「……す、すぐに登録してまいります」

「ありがとう」

商業ギルドにも守秘義務があるからね～。私しかいないならともかく、今は商人が二人いるから、ギョッとしただけに留めたんだろう。

ギョッとした顔をしたのも、ほんの一瞬だったし。

三分もしないうちに職員が戻ってきて、タグを返してくれる。それと同時に、もう一枚タグを渡された。見た目は冒険者ギルドのタグと同じ大きさと色だが、冒険者のタグには剣と盾の模様が、商業のタグにはコインと財布代わりの袋の模様が描かれていた。

「こちらが商業ギルドのタグになります。表に商人としてのランクが書かれています。ランクによる購入制限はございませんので、もしご入用の物がございましたら、各地の商業ギルドにて購入していただければと思います」

「なるほど。もし、個人で店を開きたい場合はどうすればいいかしら」

「その場合は店舗、もしくはご自宅が必要となる場合と、行商人、屋台か露店といった種類がございます。こちらも商人のランクに関係なく開店できますが、最初は露店か屋台から始める方が多いですね」

「そう……」

うーん、露店か屋台かあ。さすがに露店や屋台で宝石を売ることはできないなあ。

これは誰か懇意《こんい》になってくれる商人を探して店舗で売ってもらうか、自宅を改造して店を開いたほうが、防犯の面でも安全かもしれない。

そう聞いてみると、職人の中にはそうしている人もいるそうだ。それなら大丈夫かな？

まあ、今すぐってわけじゃないから、定住先を決めてから考えよう。

登録も終わったので、商人二人と一緒にギルドを出る。

「ありがとうございます。これで少しは子どもたちも退屈せずにすむでしょう」

「他にも暇つぶしの方法があればいいのですが、なかなかいいアイデアがなくて……」

「今あるのは例えばどんなもの？」

「主に計算ですね」

「紙や羊皮紙に書かせておりますが、それだってタダではありませんし。暇つぶしにしてはね……」

「ふーん……」

商人の子である以上計算は必須だから、暇なときは練習するようにしているそうだ。ただ、どうしても覚えられない計算があるとかで、頭を悩ませているんだとか。

もう少し大きくなれば暗算もできるようになるが、今は一桁ですらまだ手で数えたりしているらしい。

「九九を教えるか、数字パズルにするか……」

「そ、それはどんなものでしょう⁉」

「えっと……さすがにここでは説明できないわ」

「では、ギルドに戻りましょう」

おおう……余計な一言を言ってもうた！　自分の迂闊《うかつ》さにがっくりしつつ、またギルドに取って返すと、さきほど対応してくれた職員が不思議そうな顔をして、私たち三人を見る。

『どうなさいました？　お忘れ物でございますか？』

「ええ。とっても画期的な忘れ物です！」

「そうですよね、アリサ様」

「……たぶん」

「よくわかりませんが……それでしたら、こちらにどうぞ」

首を傾げながらも同じ部屋に案内してくれた職員と一緒に、部屋の中に入る。そして馬車を解体したときに出た板を出し、〇から九までの数字と加減乗除の記号を錬成する。

もちろん、数字などはこの世界の文字だ。

『数字パズルと言って、計算の組み合わせに使うの。例えば、一＋一は二でしょ？　それを、この板を使って計算させるの』

『なるほど……』

「数字さえたくさん作ってしまえば、何桁の計算でもできるわ」

「確かに」

数字だけのパズルをもう二組作り、二桁と三桁の数字を並べ、イコールの先に合計の数字を並べると、驚いた顔をされた。冒険者である私が暗算ができるとは思っていなかったんだろう。

失礼な。

「こ、これでしたら、最初は一桁から計算を始めればいいですな！」

「ええ！　馬車の中でもできます！」

「それで、くくとやらはどういったものですか？」

「掛け算の一覧表なの。すみません、紙とペンがあったら、貸してもらえるかしら」

「はい。少々お待ちください」

すぐに動いてくれた職員が、うしろにあった机から紙とペンを持ってくる。それに九九の表を書き込んだ。あと、おまけとして二桁の簡単な計算方法と計算式も。

「これは……！」

「こんなに簡単な表で、わかるようになっているのか！」

「最初の計算って、一桁から教えたほうがわかりやすいと思うの。この表が暗記できれば、他の計算が楽になるわ」

「確かに！」

「いきなり二桁や三桁の数字で計算しろと言われても、子どもには無理ですな」

「ええ。だから、読み書きができるようになったら数字も教えるわよね？　そのときにこの表――九九というんだけど、これを暗記させれば一生覚えていられるわ」

九九って一回覚えると、ずっと覚えていられる。これさえ暗記してしまえば、あとは計算が早いと思うんだよね。

まずは、足し算と引き算をパズルで覚える。それから九九を覚えたあとで、パズルを使って確認。

こういう流れにすれば、遊びながら計算を覚えるのではないか――

そんな説明を三人にすると、「確かに」と頷いていた。

「こちらもアイデア登録をされますか？」

「そうね……お願い。もちろん、レシピを広めてね」

「もちろんでございます」

世界各地の商業ギルドに回しますと、とてもイイ笑顔で返事をした職員に、ヤッチマッタナー……と、遠い目をしたのは言うまでもない。

そしてさっそく商人の二人がレシピを買ってくれたから、もし職人に作らせるのであれば見本がいるだろうと思い、数字と記号のパズルをワンセットにして渡した。もちろん、商人には子ども一人一セットとして、人数分を渡しているし、職員には二セット渡した。

ひとつはギルドで保管して、見たいと言った人々に見せるための見本として、もうひとつは職人本人に渡すためのものとして、だ。

板も安いものでいいし、数字を果物や野菜、動物に変えればバリエーションが出ることも教えたら、それもアイデアとして登録されてしまった……

え？　そんなことでアイデアとして登録されるの？　この世界って。

「そういう神様がいらっしゃるのです。もっともこれは、商人や商業ギルドしか知らないのですが」

「おおう……」

まさかの、リュミエール以外の神様情報だったよ！　さすが異世界、いろんな神様がいるんだな……と思った。そのうち会えたりしてね！

職員の話によると、他人のレシピとアイデアの使用料は一律銀貨五枚と決まっているそうだ。これは、後日私の口座に支払われる。それとは別に、商品が売れれば、売り上げの半分が私に支払われるという。

うーん……これ以上のお金はいらないんだけどなあ……。ここでごねても仕方がないので、使用料と売り上げのうちの三割は、孤児院になにかしらの商品で寄付してほしいとお願いしたら、すっごく驚いた顔をされた。

もちろん、レシピを買っていない町などには寄付はなしだとも伝える。

「よろしいのですか？」

「ええ。私個人としては冒険者でもあるし、ランク的にも日々の生活に困ることもないから」

「そうですか」

「私の口座には、毎月支払われるのよね？」

「そうでございます」

「だったら、毎月、もしくは一定期間につき一回、孤児院になにかしらのものを支給してくれたらいいわ。そうね……全世界にあるし、国や町、村によっては金額に差ができてしまうから、金額も決めるわ」

大きい町だと孤児院が複数あるが、小さな町や村だと、ひとつかふたつしかない。それをそのままの金額で割り振ってしまうと、不公平になってしまう。

だから、三か月で一律、その孤児院にいる人数に合わせて金貨三枚から五枚分の食料や衣服、筆記用具や勉強道具など、お金ではないものを孤児院に寄付する形にした。

ただし、孤児院側からどうしても必要なものを言われた場合はそっちを優先してほしいことと、お金では絶対に渡すなとも厳命した。

それを破った場合、レシピとアイデアを引き上げ、ギルドとの取引もなしにすることも断っておく。

もし孤児院によって毎月がいいのであれば、毎月金貨一枚から三枚分の寄付をする。それは孤児院に決めてもらってくれとお願いした。もちろんこれも、孤児の人数によってだ。

お金を渡さないのは、領主なり国なりが補助金として出していたり、個人で少額の寄付をしている場合があると聞いたからだ。個人で毎月金貨一枚なんて、庶民が出す金額としては多すぎる。多くても銀貨一枚くらいだし、どこから私の情報が漏れるかわからない。

そういう諸々について話し合ってから契約書を交わす。しっかりと熟読し、わからなかったりおかしいと思ったりしたところはバンバン質問したら、職員の顔が引きつっていた。

私と職人が損をするような契約を結ぶわけがないじゃないか。

秘書だったとはいえ、元は社会人だ。社長や部長たちの営業取引をずっと見ていたからね〜。それに比べたらとても甘い契約書だし、これくらいなら私にもできるがな。

そんなことは一切おくびにも出さず、ギルドが損をするような形の契約を結ぶことができたのは嬉しい誤算だ。つーか、ギルド職員がそのことに気づいていないことに、内心爆笑していた。

しっかり契約できたので職員と握手を交わし、部屋を出る。もし文句を言ってきたなら、レシピとアイデアを引き上げるつもりだ。

そんなことを考えながら商人の二人と一緒に外に出ると、そのまま一緒に宿屋街に向かう。

「お見事でしたなあ」

「ええ、本当に。あの職員、自分たちが損をするような契約を交わしたと知ったら、どんな顔をするのでしょうな?」

「あら、おじさんたちは気づいたんですね。さすが商人」

「当然です」

「まあ。アリサ様のほうが一枚上手《うわて》だっただけのことですよ」

「そうですな」

ニヤニヤと笑っている商人たちだけれど、これまでに散々煮え湯を飲まされたんだろうなあ。そうでなければ、あの場で止められていたはずだもの。

きっと自分にも利益がある商品を買ったうえに託されたから、ほくほくなんだろう。子どものための教材をプレゼントしたことも大きいかもしれないね。

トランプでもあればいいが、この世界には日本にあったような特殊な紙などない。もしかしたら錬金術で錬成できるかもしれないが、やるつもりはない。

宿屋街に着いたので商人と別れ、私は宿屋を探すふりをして門に向かう。この町に泊まってもよかったんだが、人の従魔を見て目をギラつかせている人間が多すぎるんだよ。

それもあり、さっきから従魔たちがピリピリしている。

「このまま町を出ようか」

《《《さんせーい！》》》

「よし。真っ直ぐ行くと、さっきとは違う門に出るみたいだから、さっさと街道に出て次の町を目指そう」

損したとバレて私を捜されても困るし、ギラついている視線も鬱陶《うっとう》しい。もうじき夜になるのに、町から出る人間なんぞ、ほとんどいない。

だからこそ、その裏をかいてさっさと町から出るのだ。

契約書はもう交わされているし、それを覆すには相応の理由が必要だ。けれど、ギルド側の場合は相応の理由がないし、単に自分たちが損をするからという理由で抗議、または捕縛しようとするなど、とても恥ずかしい行為なのだから。

担当の職員が叱責されて私を捜そうとする前に、さっさと町を出る。そうしてしまえば、他の町に話して捕縛……なんて真似もできないしね。

だってこれ、反論なり対抗策なりして、同等かちょっとだけ自分たちが儲かるように仕向けないといけないのに、その商談に失敗した挙げ句、私がかなり儲かるような契約を交わしたんだもの。

そんなことを話して捕縛してくれなんて言おうものなら、他の町のギルドから失笑され、自分たちの能力がないって暴露するようなもの。

たぶん切れ者だろうとは思うが社長たちに比べたら、本当に稚拙《ちせつ》なものだった。そういう意味では、社長たちのやり取りが聞ける立場にあったことに感謝だ。

門を抜けて、すぐリコに跨《また》がる。リコは徐々にスピードを上げ、一気に街道を駆け抜ける。

本気の走りを見せるバトルホースに追いつけるのはピオとエバ、ドラゴンかワイバーン、同じレベルのバトルホースくらいしかいない。内心「ざまあ！」と嘲笑いながら、休憩所を目指した。

そして二時間も走っていると日もとっぷりと暮れてくる。休憩所が見えてくるころだ。

マップを見れば、すぐ先に休憩所がある。しかも誰もいないというのはラッキーだった。

「リコ、この先に休憩所があるわ。今日はそこで一泊しよう」

〈わかった〉

夜は、昼に食べ損ねたハンバーグにして、スープとパンを用意しよう。

そんなことを考えているうちに休憩所に着いたので、すぐに野営の準備をして食事の用意をする。

今ごろ、職員は叱責されているんだろうか。

あの契約書の内容だが、簡単にいうとギルド側に一円も入らないようになっている。普通ならあり得ないことだけれど、最初に見た契約書が、利益の八十%がギルドに入るようになっていたのよね。

本来ならば、ギルド側にはそんなにたくさんの利益はいらない。せいぜい手数料くらいで、利益に関してはギルドはまったく関係ない。

さすがにこれはぼったくりすぎだろうと突っ込みに突っ込みまくり、対応した職員が気づかないよう、私に七十%、職人に三十%入るよう〝商談〟してやった。

アイデアの神がいる以上、商人の神もいるはずだ。その二柱がなにも言わず、契約もはじかれることがなかったんだから、大丈夫だろうと思っている。

もし本当にダメなら、契約が結べなかったはずだ。この世界の契約は、神を通して結ばれるものなのだから。

それはあの二人の商人からも確認しているし、商人の態度からも、さっきのギルドがぼったくっていた可能性があると感じた。

だからこそ、私は確信している。あのギルドは、不正をしていたのではないかと。

きっと今ごろ、神様からなんらかの罰が与えられているんじゃないかなー？　それはリュミエールに会えたら、聞いてみよう。

そんなことを考えているうちに夜も更けていった。


翌朝、休憩所を出て走っていると、町が見えてくる。街道沿いにあるからなのか、それなりに賑わいを見せている町だった。

必要な食材や調味料はないけれど、頼まれていないアイデアを登録しちゃったしなあ……。この世界に来てそろそろ一ヶ月経つし、報告がてらリュミエールに会いに行こう。

従魔たちにもそう提案したら、ノン以外は会ったことがないから会いたい！　と言ったので、教会に向かう。従魔たちも入れるようで、案内板があったのでその通りに進むと、リュミエールの石像が見えた。

長椅子に腰掛けて祈る。風が吹いたと思って目を開けると、最初にリュミエールと話をした場所になっていた。いわゆる神域という場所だ。

「いらっしゃい、アリサ」

「こんにちは。報告に来たわ」

「そうか」

にこにことしているリュミエールにノン以外の従魔たちを紹介すると、みんな感動したようにリュミエールを見ている。しかも、リュミエールもそれが嬉しかったらしく、破顔してから従魔たちを撫でていた。

それが落ち着いたあと、これまでのことを話す。世界中を視《み》ているリュミエールは、私のことを気にかけつつもしょっちゅう視《み》ていたわけではなかったんだろう。

私や従魔たちの話を熱心に聞いてくれたし、先日の商業ギルドの後日談も教えてくれた。

それによると、やはりあの商業ギルドは全体でぼったくっていたらしい。

しかも商人の神が激怒していて、神罰を下そうとした矢先の、私との契約。その内容に、商人の神は超絶イイ笑顔でサムズアップしていたらしい。

あそこに勤めていたギルドマスターとサブマスター、何人かの職員は、ぼったくったお金を横領していたとかで捕縛。この暴露は商人の神から王に対してのものと、内部告発によってなされたものだったらしい。

当然のことながら、捕縛された者たちは神罰が下されている。

それを踏まえ、あの町の商業ギルドは一度解体され、国や商業ギルド本部指導の下、再生をするという。

「そういえば新たなものが登録されたと、商人の神とアイデアの神が喜んでいたよ」

「そうなのね」

喜んでもらえたならよかったと、胸を撫で下ろす。おっと、リコの元主人である冒険者のことも聞いてみよう。

「そういえば、リコの元主人はどうなったの？」

「それがね……」

ププッと笑ったリュミエールに、いったいなにが起きたんだと全員で首を傾げる。

リュミエールによると、リコの元主人はダンジョンに潜っているときにドジって、罠にかかってしまった。それが〝しばらくものが食べられない〟という、まるで呪いのような罠で、一週間ほど食事ができなかったらしい。

「あらまあ……。リコと同じ目に遭ったのね」

「そうなんだ。それでね……」

次に会ったら私やリコに教えてあげようとしばらく冒険者の様子を視《み》ていたら、食事ができなかったせいで痩せ細ってしまった彼は筋肉すらも落ちて、動くこともままならず。体力を戻すこと と、以前と同じ動きができるようになるまで、冒険者稼業ができなかったそうだ。

つまり、つい最近までそういう状態だったと、半笑いで教えてくれた。

「《《《ざまあ！》》》」

全員でそう叫んだのはしょうがないよね？　ある意味因果応報で、自業自得なわけだし。一頻《ひとしき》り笑ったあと、柔らかな笑みを浮かべてノンを見るリュミエール。

「ノン、アリサとの旅はどうだい？」

〈とっても楽しいの！　仲魔《なかま》も増えたし！〉

「そうか。よかったな、ノン」

〈うん！〉

楽しそうにリコとピオとエバにも話を振るノン。リュミエールも目を細めて四匹を眺めている。

リュミエールによると、ノンはずっと旅をしたいと思っていたそうだ。

だけど、ノンを預けられるような人間がいないことと、いてもリュミエールのところまで来られない人間ばかりなので、ノンはずっと同じ場所に留まっていたらしい。

ノン自身は神獣だからとても強いけれど、スライムだからなのか、遠くまで移動するとなると、とても大変だという。

本来ならば、にゃんすらは移動などしないで、ずっとひとつの場所に留まって一生を終えることが普通なんだとか。

「へえ……。じゃあ、あちこち行けて、楽しいのね、ノンは」

〈うん。だから、アリサが定住先を見つけるまで、ずっと旅をしたいのー〉

〈俺もずっとノンといたいし、アリサと一緒に旅をしたい〉

〈オレもだよ、ノン〉

〈あたしもよ、ノン〉

〈ノンも！　ノンも、リコたちと出会えて楽しいのー！〉

「もちろん。私もみんなと旅をするのは楽しいもの」

「よかったなあ、ノン」

リュミエールの言葉で、ぴょんぴょん跳ねて喜ぶノンに、ほっこりする。

ノンはなにをするにしても、常に楽しそうにしていた。街道や森、草原だけじゃなく、町の中にいてもキョロキョロと見回して、ずっと尻尾を揺らしたりピンと立てていたりした。

鉱山ですら楽しんでいたんだから、きっとなにもかもが楽しくて仕方ないんだろう。それはたぶん、リコやピオとエバも同じだと思う。

移動中や食事中は、ずっと四匹で楽しそうに話をしているのだから。

そんな四匹の様子を見て、可愛い！　と悶えている私も大概だけどね。

「じゃあ、そろそろ行くわ。別の国に入ったら、また来るわね」

「ああ。楽しみにしているよ」

「ああ、そうだ。リュミエールは、米がある地域を知らないかしら」

「今いる大陸の中央に、とても大きな国――ガート帝国という国があるんだが、そこで作られている」

「マジか！」

今いる国からだとめっちゃ遠いじゃん！

ガート帝国は、今いる国をさらに北東に進むとあるという。国だとあと三つほど移動しないといけないそうだ。

うう……そこまで米が食べられないのはつらいかもしれない。

「米が欲しいのか？」

「ええ。元日本人としては、米はソウルフードだから」

「では……こちらをどうぞ」

「え……？」

リュミエールが手を振ると、テーブルの上に十キロは入っているだろう麻袋がひとつ、現れる。

「この中に米が入っている。今はこれしか用意できないが……」

「たぶん足りると思うけど……いいの？」

「ああ。帝国に着くまでになくなりそうであれば、また渡すよ」

「ありがとう！」

太っ腹だね、リュミエール！　抱き着いて感謝をし、アイテムボックスのほうにしまう。我慢に我慢を重ねて、どうしても食べたいときのために取っておくのだ。

「ご飯を炊くことができたら、リュミエールにも献上するわね」

「それは楽しみだね。帝国だとリゾットしかないから……」

「なるほど」

〝炊く〟という技術がないそうで、米料理はリゾットしかないという。勿体《もったい》ない！

だから、帝国に着いたらその技術や料理も広めてほしいとお願いされた。よし、任された！

海の町に寄って魚を手に入れたら、米を炊こう。炊いたらおにぎりにして保存し、少しずつ食べることにする。それ以降はできるだけ保存しておいて食べないようにしよう。

それから、定住先の候補地が決まった。絶対に米が食べたくなるから、ガート帝国を目指すことにしよう。

別の国に住んでもいいけれど、いちいち転移して購入するよりは、その土地に住んで買うか、米を栽培してもいい。味によりけりだが、できればジャポニカ米のような味なら嬉しいし、そうでなければ【緑の手】で改造するのもありだ。

そんなことを考え、席を立つ。

「本当にありがとう。またね、リュミエール」

《《《またくるね！》》》

「楽しみに待っているよ」

全員で手を振って地上に戻してもらうと、時間がまったく経っていないことに驚く。神の領域――神域に行くということは、きっと時間が止まることでもあるんだろう。なんとも不思議な世界だ。

もう一度感謝の祈りを捧げてから教会を出ると、そのまま町を出る。

もしガート帝国で居を構えることができたなら、リュミエールの像を作ろう。そこにお供えして、美味しいものを食べてもらおう。

そう、決めた。

「じゃあ、まずは海の町を目指そうか」

《《《うん！　知らない食材が楽しみ！》》》

「そうね、楽しみね」

リコに跨《また》がると全員にそう声をかける。港町がある場所を目指し、街道をひた走った。

RC Regina COMICS
1
原作 竹本芳生
漫画 生倉大福
婚約《こんやく》破棄《はき》されてまして(笑)
大好評発売中!

この作品に対する皆様のご意見・ご感想をお待ちしております。
おハガキ・お手紙は以下の宛先にお送りください。

【宛先】
〒150-6008 東京都渋谷区恵比寿 4-20-3 恵比寿ｶﾞｰﾃﾞﾝﾌﾟﾚｲｽﾀﾜｰ 8F
（株）アルファポリス　書籍感想係

メールフォームでのご意見・ご感想は右のＱＲコードから、
あるいは以下のワードで検索をかけてください。

アルファポリス　書籍の感想　検索

ご感想はこちらから

本書は、「アルファポリス」（https://www.alphapolis.co.jp/）に掲載されていたものを、
改稿のうえ、書籍化したものです。

# 自重《じちょう》をやめた転生者《てんせいしゃ》は、異世界《いせかい》を楽《たの》しむ

饕餮（とうてつ）

2021年　7月　5日初版発行

編集－加藤美侑・篠木歩
編集長－倉持真理
発行者－梶本雄介
発行所－株式会社アルファポリス
〒150-6008 東京都渋谷区恵比寿4-20-3 恵比寿ｶﾞｰﾃﾞﾝﾌﾟﾚｲｽﾀﾜｰ8F
TEL 03-6277-1601（営業）03-6277-1602（編集）
URL https://www.alphapolis.co.jp/
発売元－株式会社星雲社（共同出版社・流通責任出版社）
〒112-0005 東京都文京区水道1-3-30
TEL 03-3868-3275
装丁・本文イラスト－雨傘ゆん
装丁デザイン－AFTERGLOW
（レーベルフォーマットデザイン—ansyyqdesign）
印刷－中央精版印刷株式会社

価格はカバーに表示されてあります。
落丁乱丁の場合はアルファポリスまでご連絡ください。
送料は小社負担でお取り替えします。

ISBN978-4-434-29020-6 C0093